Dietrich Schilling, Jahrgang 1945, hat nach seinem Germanistik-Studium fast 40 Jahre lang als Hörfunk-Redakteur beim NDR gearbeitet. Er ist verheiratet und lebt als freier Autor in Hamburg.

Die Zimmermädchen

Ein Krimi aus Kambodscha

1. Auflage Januar 2023
Copyright © 2023 Dietrich Schilling. Alle Rechte vorbehalten.
Herstellung und Verlag: BoD - Books on Demand, Norderstedt
Umschlaggestaltung, Satz und Layout: Christian Fillies
Titelbild-Gastaltung: Christian Fillies
mit Grafiken von jcomp und vectorpouch / Freepik
Printed in Germany
ISBN: 9783756869244
Mehr auf: www.dietrichschilling.de

Dietrich Schilling

Die Zimmermädchen

Ein Krimi aus Kambodscha

Inhaltsverzeichnis

1

Mittwochmorgen

Anfangs war es nur eine leichte Unruhe, die er sich nicht erklären konnte. Aber bald wurde sie stärker. Mit jedem Schritt. Nein, versuchte er sich einzureden, da ist nichts, was sollte schon sein? Und er ging weiter, entschlossener. Doch das änderte nichts. Im Gegenteil. Die Unruhe nahm zu, sie legte sich über ihn wie ein Netz, in dem er sich immer mehr verfing. Und sie ließ ihn nicht mehr los. Es dauerte nicht lange, bis ihn nur noch ein Gedanke beherrschte: Irgendetwas stimmt nicht!

Ohne sich dessen bewusst zu sein, verlangsamte er seine Schritte. Endlich blieb er ganz stehen, wandte sich zögernd um und schaute zurück. Dorthin, woher er gekommen war. Aber da war nichts. Niemand, der ihm folgte. Kein Auto, das etwa hinterrücks auf ihn zu raste. Keine wilden Hunde, die sich ihm näherten. Und nicht einmal eine Handvoll Menschen, die auf ihren Fahrrädern oder Mopeds unterwegs waren.

Es war früh am Morgen. Die meisten Läden, der Fahrradverleih, die kleinen Restaurants, die an der schmalen, wenig befahrenen Straße lagen, alle waren sie noch geschlossen. Nur in der Suppenküche herrschte Betrieb. Drinnen, in dem riesigen Topf, dampfte eine würzige Fleischbrühe, und draußen, an den Tischen entlang der Hauswand, saßen ein paar Männer und Frauen und löffelten, die Ellbogen vor sich auf die Tischkante geschoben, ihre Reissuppe. Das Tageslicht war noch mild und klar, in der Luft nur wenige Abgase. Beschaulich, hätte Göhlich normalerweise gedacht, beinahe idyllisch, jedenfalls ganz anders als abends nach Sonnenuntergang, wenn die Touristen in kleinen und größeren Gruppen zu den Restaurants und Discos in die Altstadt strömen, so wie er es gestern erlebt hatte.

Doch er ließ sich nicht täuschen: irgendetwas erschien ihm ungewöhnlich. Die Unruhe, die ihn quälte, wollte sich nicht legen. Er spürte so etwas wie eine Bedrohung, konnte sich aber nicht erklären, was sie ankündigte und woher sie kam. Und auf einmal spürte er auch sein Herz. Es klopfte, als wolle es davonlaufen. Er erschrak und dachte kurz an den Tuktuk-Fahrer, der ihn geärgert hatte. Aber das war es nicht, was ihn so bedrängte, da war er sich sicher.

Seine rechte Hand schloss sich fest um die Kreditkarte, als fürchtete er, dass man sie ihm aus der Hosentasche stehlen könnte. 300 Dollar wollte er aus dem Automaten ziehen. Amerikanische Dollar. Jedesmal, wenn er etwas bezahlen musste, wunderte er sich von neuem darüber, dass dieses Land seit seiner Unabhängigkeit zwar eine eigene Währung besaß, aber fast alles in amerikanischen Dollars bezahlt wird. Darüber, nahm er sich vor, müsse er irgendwann mal etwas für seine Zeitung schreiben. Riel nannte sich die Währung, was so viel wie ‚kleines Fischchen' bedeutet. Das hatte er gegooglet. Und auf fast allen Geldscheinen war der ganze, große Stolz dieses Landes abgebildet: die Tempel, die Tore und Türme von Angkor, die das eigentliche Ziel seiner Reise nach Kambodscha waren. Die meisterhafte Kultur eines Volkes, das vor 1000

Jahren mitten im Dschungel eine blühende Großstadt gebaut hatte. Heute ein Weltkulturerbe. Doch das Geld, so hübsch es aussah, war beinahe wertlos. 'Kleine Fischchen' eben.

Beunruhigt, obwohl er nichts, aber auch gar nichts Auffälliges entdecken konnte, wandte Göhlich sich wieder um und ging zögernd weiter. Normalerweise genoss er diese Morgenstunden kurz nach Sonnenaufgang, wenn es noch angenehm kühl war. Und wenn sich die Blüten der Lilien, der Bougainvillea und des Hibiskus in der nächtlichen Frische von der brutalen Hitze des Vortages erholt hatten und von neuem entfalteten. Die Wasseroberfläche im Hotelpool hatte noch vollkommen glatt gelegen. Und die riesigen Blattwedel der Bananenstaude, die sich wie ein Dach über die kleine Terrasse vor seinem Zimmer beugten, waren noch feucht von der Nacht. Göhlich war nur kurz stehengeblieben und hatte beobachtet, ob einer der Tautropfen, die sich auf den hellgrünen Blättern gebildet hatten, abrollen und auf dem Boden zerplatzen würde. Er erinnerte ihn an Videos in Zeitlupe, die er gesehen hatte.

Doch für all das hatte er an diesem Morgen keine Augen. Irgendetwas trieb ihn voran. Er hatte das Gefühl, dass es ihn geradezu anschrie, um auf sich aufmerksam zu machen. Aber er konnte beim besten Willen nicht erkennen, was es war und woher es kam. Es war wie ein Wort, das einem auf der Zunge liegt, aber einfach nicht einfällt. Das kannte er von seiner täglichen Arbeit, wenn er an einem neuen Artikel schrieb. Doch dies hier war etwas anderes.

Als er vor dem Automaten stand, der nur zwei Minuten

vom Hotel entfernt in die Hauswand eines 7-Eleven-Marktes eingelassen war, schaute er sich noch einmal um. Nein, er war allein, niemand in seiner Nähe. Er zögerte kurz, schob dann aber seine Karte in den grün leuchtenden Schlitz, tippte auf „English", gab seine Pin ein, wählte ‚Withdrawal' und dann ‚300'. Es dauerte einige Sekunden, in denen der Automat ein paar surrende und klackende Geräusche von sich gab. Dann spuckte er die Kreditkarte mit einem überraschenden Stoß, der etwas Überdrüssiges an sich hatte, wieder halb heraus, so dass Göhlich sie, wie aufgefordert, ‚entnehmen' konnte. Nachdem er das getan hatte, erschienen drei Hundert-Dollar-Noten im Ausgabe-Schlitz. Göhlich zog sie schnell heraus, steckte sie mit der Karte in seine Hosentasche und fragte sich kopfschüttelnd, wer ihm diese Scheine wechseln würde? Die kleinen Dollar-Noten, die Einer, Fünfer und Zehner, die er zwei Wochen vor der Abreise bei seiner Düsseldorfer Bank bestellt hatte, waren längst verbraucht; in Phnom Penh, wo sie die ersten Tage nach der Ankunft in Kambodscha verbracht hatten, wollten alle nur kleine Scheine nehmen. Und jetzt in Siem Reap, wo sie gestern nach einer ewig langen Busfahrt völlig verschwitzt angekommen waren, wäre es sicher genauso. Sein Freund Schröder, mit dem zusammen er den Urlaub verbrachte, hatte auch keine mehr. Schröder, der in Zimmer 32 untergekommen war, gleich neben dem von Göhlich, schlief gerne etwas länger.

Den Weg zurück ins Hotel legte er beinahe im Laufschritt zurück. Er hatte das unbestimmte Gefühl, als könne er der Unruhe, die ihn nicht mehr losließ, nur dort auf die Spur kommen. „Thirty-one", rief er dem jungen Mann an der Rezeption schon von weitem entgegen. Er erhielt den Schlüssel zusammen mit einem freundlichen ‚thank you, Sir' und einer tiefen Verbeugung. Quatsch, dachte Göhlich, dem die unerschütterliche Freundlichkeit des Hotelpersonals übertrieben vorkam und unangenehm war; wenn sich einer bedanken muss, bin ich das. Die wissen ja gar nicht, was sie sagen! Kurz darauf tat es ihm leid, dass er so abfällig gedacht hatte. Doch er hatte keine Zeit mehr, heimlich um Vergebung zu bitten. Denn plötzlich hörte er jemanden reden, eine leise Stimme nur, aber eine mit großer Intensität. Sie kam aus der Richtung seines Zimmers und nahm sofort seine ganze Aufmerksamkeit in Anspruch. Es klang, als handele es sich um irgendetwas Dringliches.

Die Gästezimmer des Hotels waren rund um das Schwimmbecken angelegt, in Form eines Hufeisens. Wenn man eines betreten wollte, konnte man das nur von der Poolseite her. Dazu musste man zunächst von der Rezeption kommend durch einen kleinen, aber üppigen, tropischen Garten bis zu den Steinplatten gehen, die den Pool einfriedeten, und erst von dort konnte man in sein Zimmer gelangen.

Zu seiner Überraschung war es das Zimmermädchen, das da sprach. Das Mädchen, das sein Zimmer in Ordnung bringen wollte; es hatte schon vor der Tür gewartet, als er heraustrat um sich Geld vom Automaten zu holen. Eine noch sehr junge, zarte Person. Sie machte den Eindruck, als wolle sie nur ja nicht auffallen und am liebsten gar nicht gesehen werden; man hätte auf die Idee kommen können, dass sie lieber nur ein Schatten ihrer selbst gewesen wäre. Und vor lauter Respekt wagte sie kaum zu sprechen. Göhlich hatte genau hinhören müssen, als er sie gegrüßt und versucht hatte, ein paar freundliche Worte mit ihr zu wechseln, so leise sprach sie. Er hatte sich sehr darüber gewundert, denn diese schüchterne, beinahe ängstliche Zurückhaltung passte gar nicht zu ihrer äußeren Erscheinung: für eine Khmer war sie nämlich ziemlich groß gewachsen. Ihre matt glänzenden, schwarzen Haare hatte sie zu einem frechen Büschel zusammengebunden, das sich wie der Strahl eines Springbrunnens mitten auf ihrem Kopf keck in die Luft erhob, so dass ihre Ohren, ihr Nacken und ihr Gesicht völlig frei und offen lagen und sie noch größer wirkte als sie schon war. Ungewöhnlich war auch ihr Blick, der jedem anderen auszuweichen schien, aber dennoch etwas seltsam Bezauberndes hatte. So, als wolle sie mit ihren Augen dringend auf etwas hinweisen, das sie nicht auszusprechen wagte. Gestern, bei ihrer Ankunft im Hotel, hatte sie in der Rezeption gestanden und auf irgendetwas gewartet. Göhlich hatte seinem Freund gegenüber Zweifel geäußert, ob dieser Blick ganz natürlich oder vielleicht doch Ausdruck weiblicher Raffinesse war. „Nein, sie ist die Unschuld in Person!", hatte Schröder gesagt. „Das kannst du schon daran erkennen, dass sie sich nicht schminkt." Er hatte es vollkommen überzeugt gesagt, so, als sei er in diesen Dingen sehr erfahren. Göhlich, den die schlichte Begründung seines Freundes amüsiert hatte, weil er Schröders leicht verklemmte Zurückhaltung gegenüber Frauen kannte, hatte bereits eine ironische Antwort auf der Zunge gelegen. Aber er unterdrückte sie. Es war ihm nicht wichtig.

Was das Zimmermädchen so aufgeregt in ihr Handy sprach, konnte er nicht verstehen. Sie sprach kein Englisch, sondern Khmer. Um diese Sprache hatte Göhlich bei den

Reisevorbereitungen einen respektvollen Bogen gemacht. Diese zahllosen Kringel und Rundungen, die ihm so schwungvoll und wie gemalt erschienen, konnte er nur bei sehr genauem Hinsehen voneinander unterscheiden. Und wie man diese verspielten Gebilde aussprechen musste, konnte er sich noch weniger vorstellen. Er hatte sich erst gar nicht die Mühe gegeben, die Lautschrift anzusehen, die in seinem Reiseführer für die wichtigsten Wörter vermerkt war. Aber obwohl das Mädchen mit kaum vernehmbarer Stimme sprach, hörte es sich für Göhlich an, als stehe sie unter großer Spannung. Offenbar hatte sie Göhlichs Zimmer gerade verlassen. Jedenfalls stand die Tür offen, und sie hielt sich nur einen oder zwei Meter entfernt davon auf, in der einen Hand den Besen und auf dem Boden ein Putzeimer mit Lappen.

Eine ihrer Kolleginnen stand neben ihr und hörte neugierig zu. Sie war kleiner, was man aber auf einen flüchtigen Blick hin kaum erkennen konnte. Anders als die junge Frau, die Göhlichs Zimmer sauber machte und die sich ein Tuch um ihre Haarpracht gebunden und einen grauen Arbeitskittel anhatte, machte ihre Kollegin den Eindruck, als sei sie gerade unterwegs zu einem date. Sie trug eine eng anliegende, violette Hose und darüber ein mattgrünes T-Shirt, das zwar hochgeschlossen war, sich aber ebenso eng um ihren Körper legte wie die Hose. Ihr Make-up war sorgfältig aufgetragen; sie musste früh aufgestanden sein und geraume Zeit vor dem Spiegel verbracht haben. Auf ihren Wangen schimmerte dezent das Violett ihrer Hose, und damit waren auch ihre Fingernägel lackiert. Dass sogar ihre Lippen sehr zurückhaltend mit dieser Farbe getönt waren, sah man erst, wenn man sie aus der Nähe betrachtete und ihr direkt ins Gesicht schaute. Gänzlich ungewöhnlich für ein Zimmermädchen waren aber die auffällig hohen Absätze ihrer Schuhe, in denen sie keine Strümpfe trug und die sie vor jeder Zimmertür grundsätzlich abstreifte, bevor sie hinein ging.

Wenn man die beiden sah, wie sie da nebeneinander standen, konnte man nur schwer glauben, dass sie ein- und dieselbe Arbeit zu erledigen hatten. Was der einen an Selbstbewusstsein mangelte, hatte die andere eher zuviel. Sie unterschieden sich voneinander wie eine Mango von einer Kokosnuss: die eine war weich, hatte aber einen festen Kern, während die andere eine harte Schale rund um ein weiches Inneres hatte. Das wäre eine Vorlage für Rieder, ging es Göhlich durch den Kopf, als ihm dieser Vergleich in den Sinn kam. Rieder war der Karikaturist, dem jeden Tag etwas Neues fürs Blatt einfallen musste.

Göhlich wunderte sich darüber, dass ‚sein' Zimmermädchen so lebhaft und temperamentvoll redete. Sie erweckte den Eindruck, als sei sie mit irgendetwas nicht einverstanden und wehre sich aus tiefster Überzeugung dagegen. Alle paar Sekunden beugte sie sich weit vor und verlieh damit dem, was sie zu sagen hatte, unbewusst Nachdruck. Zwar sprach sie beherrscht und leise, aber überdeutlich und eindringlich und gestikulierte dabei mit der freien Hand hilflos in der Luft herum. Es sah aus, als gelänge es ihr trotz aller Bemühungen nicht ihrem Gesprächspartner zu vermitteln, was sie ihm mitteilen wollte. Dann hielt sie plötzlich inne und schwieg. Schwieg, tippte auf das Display ihres Handys und steckte es in die Tasche ihres Arbeitskittels.

Die andere grinste sie an. „Deine Mutter, oder?"

Die erste nickte. „Heute morgen hat sie noch gesagt, ich soll arbeiten gehen. Und jetzt auf einmal geht es ihr schlecht."

„Was hat sie denn?"

„Kopfschmerzen. Und Fieber. Die Beine tun ihr weh."

„Und was sagt sie?"

„Ich soll nach Hause kommen. Ihr helfen."

„Und deine Zimmer? Was ist damit?"

Die erste zuckte mit den Schultern. Jedes Zimmermädchen hatte eine festgelegte Anzahl von Gästezimmern zu reinigen. Das musste bis spätestens 15.00 Uhr geschehen sein, denn um diese Zeit kamen erfahrungsgemäß die ersten Hotelgäste von ihren Tagesausflügen zurück und wollten ein gemachtes Zimmer vorfinden. Wollten ein sauberes, perfekt aufgeräumtes Zimmer betreten, sich unter die Dusche stellen und frisch machen.

„Kannst du die übernehmen?"

Ihr war klar, was sie ihrer Kollegin damit zumutete. Aber sie hatte keine Wahl. Und wenn man ohne Pause arbeitete, das wusste sie, wäre es zu schaffen. Aber die Kollegin zierte sich. Sie zögerte und schien ihre Antwort gründlich abzuwägen. Doch die Fragestellerin, die es eilig hatte, erriet, was im Kopf der anderen vorging. Und bevor die Frage, die kommen musste, tatsächlich gestellt wurde, gab sie schon die Antwort: „Ich geb dir den ganzen Tageslohn. Ohne Abzug."

Göhlich verstand kein Wort von der Unterhaltung der beiden jungen Frauen. Aber als er beobachtete, dass die mit der Springbrunnen-Frisur ihrer Kollegin einen Schlüsselbund förmlich aufdrängte, sich ihre blaue, abgescheuerte Bangkok Airways-Tasche über die Schulter schwang und sich Hals über Kopf mit einem Moped davonmachte, konnte er sich an den Fingern abzählen, was die beiden besprochen hatten.

„Göhlich …"

Er zuckte zusammen, als laut sein Name gerufen wurde. Schröder, sein Freund, stand in der Tür von Zimmer 32 und winkte ihm zu. Seit ihrer Schulzeit am Humboldt-Gymnasium in Düsseldorf waren die beiden miteinander befreundet. In ihrer Klasse war es damals üblich, sich nur mit Nachnamen anzureden. Wie es dazu gekommen war, wusste niemand. Vielleicht, weil es etwas Männliches, ‚Gestandenes' hatte. Jedenfalls fanden es alle schick. Und auch nach dem Abitur hatten sie sich weiterhin nur mit Nachnamen angeredet und waren bis heute dabei geblieben. Nach der Schule hatte Göhlich ein Volontariat bei einer Tageszeitung in Düsseldorf begonnen und dort auch eine Anstellung gefunden; Schröder war zum Studium nach Hamburg gegangen, hatte dort seine Frau kennengelernt, war als Gymnasiallehrer für Deutsch und Englisch verbeamtet worden und in der Hansestadt geblieben. Doch ihrer Freundschaft hatte das nicht geschadet. So verschieden sie in mancher Hinsicht waren, sie kamen immer wieder gerne zusammen. Irgendetwas am jeweils anderen reizte sie jedenfalls und verband sie miteinander.

Göhlich nahm das Leben von der sonnigen Seite. Er liebte es, nach Redaktionsschluss in die Altstadt zu gehen und dort in einer der zahllosen Kneipen ein ‚Alt' zu schlabbern. Fast immer traf er irgendjemand, mit dem er quatschen konnte. Und dabei kam man grundsätzlich auf Fortuna zu sprechen, den Fußballverein der Stadt, der unberechenbar war und ein Spiel gewann, wenn alle eine Niederlage vorausgesagt hatten. Und umgekehrt.

Göhlich schien tausend Freunde und Bekannte zu haben, und überall, wo er auftrat, herrschte umgehend eine gute Stimmung. Vielleicht war es diese Leichtigkeit, die Schröder imponierte, und von der er gerne etwas übernommen hätte. Denn er selbst war - nein, hölzern konnte man nicht sagen, aber er war ordnungsliebend, ein wenig streng, manchmal zu kritisch. Machte es sich zuweilen selbst schwerer als nötig. Bevor er sich zu Wort meldete, zögerte er gewöhnlich, weil er das, was er sagen wollte, zuerst auf seine Bedeutung hin überprüfen wollte. Und manchmal verpasste er dann den richtigen Zeitpunkt. Aber er war immer umsichtig. Und wenn er sich schließlich doch äußerte, traf er oft ins Schwarze. Göhlich musste immer wieder neidlos anerkennen, zu welch überraschend einfachen und klugen Schlüssen Schröder manchmal gelangte.

Gerade, als Göhlich seinen Namen hörte, streifte das andere Zimmermädchen seine Schuhe ab, ließ sie vor der Nummer 31 liegen und betrat das Zimmer. Göhlich war etwas verdutzt, weil auch er dort hinein wollte. Aber als Schröder ihn im selben Augenblick ein zweites mal rief, wandte er sich um und ging erst einmal zu ihm hinüber, ließ sich an dem kleinen Bambustisch, wie er vor jedem Zimmer auf einer kleinen Terrasse stand, nieder und wartete darauf, was sein Freund ihm zu sagen hätte. Sie hatten für den Tag einen Ausflug zum Großen See gebucht. Und abends wollten sie sich auf ein Abenteuer einlassen: Rote Ameisen essen. „Die krabbeln mir jetzt schon im Bauch herum", bemerkte Schröder weniger im Spaß als ernsthaft und versuchte, die Bedenken, die er hatte, unter einem Grinsen zu verbergen. Doch das gelang ihm nicht so recht. Er hatte sich keine Blöße geben wollen und ein bisschen zu schnell überreden lassen, als Göhlich den Vorschlag gemacht hatte, und ihm war nicht ganz wohl bei dem Gedanken, was da am Abend auf seinem Teller liegen könnte.

Göhlich kannte die kleinen Ängste seines Freundes genau. Normalerweise hätte er so eine Bemerkung mit Freude aufgegriffen und ihn gerne etwas provoziert, aber davor bewahrte ihn das Gefühl der Unruhe, das ihn urplötzlich wieder eingeholt hatte. Wie hatte er das vergessen können! Nervös rutschte er auf seinem Hocker hin und her, machte Anstalten, sich zu erheben, setzte sich wieder, stand erneut auf, klopfte, wie er es oft tat, seine Hosentaschen ab und fühlte das Geld und die Kreditkarte. Ja, das war es! Er wollte ja noch das Automatengeld in den Safe legen, jedenfalls den größeren Teil; 50 Dollar, hatte er sich vorgenommen, würde er in seinem Geldgürtel belassen.

„Moment", sagte er zu Schröder gewandt, sprang schnell die wenigen Schritte hinüber zu seinem eigenen Zimmer und drückte die Tür auf. Vielleicht zu laut und zu überstürzt, denn das Zimmermädchen erschrak heftig. Sie zuckte zusammen und starrte Göhlich entsetzt an, so dass er zu einer Entschuldigung ansetzte; ihm war schlagartig klar geworden, dass er zu forsch und zu rücksichtslos in die '31' gestürzt war. Schließlich hatte er gewusst, dass sie sich darin aufhielt und hätte anklopfen sollen, auch wenn es sein eigenes Zimmer war.

Allerdings kam er dann doch nicht mehr dazu, sich

zu entschuldigen. Denn kaum hatte er nur einen Schritt in sein Zimmer gemacht, fiel ihm wie Schuppen von den Augen, was ihn auf dem Weg zum Geldautomaten so unruhig gemacht und was er dann vorübergehend vergessen hatte, zweifellos abgelenkt durch das seltsame Telefonat, dessen Zeuge er eben erst geworden war. Wie eine glühend heiße Nadel schoss es ihm in den Kopf: Es war sein Safe! Auf den ersten Blick sah er, dass das massive Türchen nur angelehnt war. Schon vom Eingang aus konnte er es genau erkennen.

Die junge Frau, die gerade dabei war das Bett zu machen, wich erschrocken zur Seite, als Göhlich mit drei, vier Schritten sein Zimmer durcheilte und die Safetür vollständig aufriss. Mit fliegenden Fingern wühlte er die wenigen Dinge durch, die er in der metallenen Box abgelegt hatte: seinen Reisepass, das iPad, die Flugtickets, seine ausgetauschte SIM-Card, das Malaria-Medikament. Alles war da. Nur eines nicht: der Ring, der diamantenbesetzte Ehering, der war verschwunden. Immer wieder fuhr er hastig mit den Fingern durch die Ecken des halbdunklen Safes, zog schließlich alles heraus, was darin war, inclusive größerer Staubfussel. Aber es blieb dabei: der Ring war weg.

„Schröder!"

Göhlichs durchdringende Stimme klang wie ein Hilferuf, und Schröder war innerhalb weniger Sekunden da.

„Mein Ring ist weg!"

Schröder warf einen Blick auf den Safe und guckte Göhlich irritiert an.

„Aufgebrochen ist er aber nicht, soweit ich das erkennen

kann."

„Ich weiß."

Jedes Mal, wenn er sein Zimmer verließ, hatte er vorher alles überprüft. Das hatte er sich schon in Phnom Penh angewöhnt. Er hatte die Klimaanlage abgestellt, das iPad sicherheitshalber in den Safe gelegt und ihn selbst verriegelt. Jedes Mal! Warum er es diesmal nicht getan hatte, war Göhlich ein Rätsel. Sicher war nur eines: er hatte es vergessen! Vielleicht war es der Tuktuk-Fahrer, der ihre Verabredung abgesagt hatte, als er gerade zu dem Geldautomaten aufbrechen wollte. Derselbe, der am Abend zuvor gut gelaunt vor dem Hotel auf Kundschaft gewartet und ein paar originelle Witzchen gemacht hatte, als sie vorübergingen. Er sprach gut englisch und Göhlich hatte sich länger mit ihm unterhalten. Hinterher hatte er das Gefühl, als sei so etwas wie eine kleine Bekanntschaft entstanden. Und die beiden hatten sich auf einen Preis geeinigt, zu dem der Tuktukfahrer sie heute zum Tonle Sap fahren sollte. Hin und zurück.

Göhlich hatte sich sehr über die Absage geärgert, denn nun musste er einen anderen beauftragen, der sie rechtzeitig zur Bootsanlegestelle fahren würde. Es gab zwar genug, die Arbeit suchten, und es würde kein Problem werden, einen anderen zu finden. Aber Göhlich hatte den Verdacht, dass ,ihr' Fahrer einen lukrativeren Auftrag erhalten und ihnen deshalb abgesagt hatte. Darüber hatte er sich geärgert. Und das befriedigende Gefühl, dass er es geschafft hatte, schnell und unkompliziert Kontakt zu einem ,echten' Einheimischen aufzubauen, war dahin. „Bilde dir doch nicht ein, dass er etwas anderes will als dein Geld", würde Schröder vermutlich sagen und wahrscheinlich recht haben damit, „verstehen kann man das doch, oder?"

Das Zimmermädchen, dem der Schrecken über Göhlichs plötzliches Auftauchen deutlich anzusehen war, stand immer noch regungslos neben dem riesigen Bett. Inzwischen war auch ihr klar geworden, dass etwas Wichtiges oder Wertvolles aus dem Safe fehlte. Mit halb geöffnetem Mund und aufgerissenen Augen wich sie, als Schröder sie misstrauisch ansah, einen Schritt zurück. Wie zur Abwehr von etwas Bedrohlichem, das sie vor sich sah, bewegte sie den Kopf stumm verneinend hin und her und wies damit, ohne auch nur ein Wort zu sagen, jede Verantwortung von sich.

„Bleib hier!", sagte Schröder, „ich hole Sok." Sok war der Hotelmanager im ‚Jayavarman VII'.

Schröder lief etwas unsicher den schmalen, plattierten Weg zwischen den blühenden Büschen entlang in Richtung Rezeption; er hatte sich immer noch nicht an die Flip Flops gewöhnt, die er zu Hause in Deutschland nie getragen hätte. Das Zimmermädchen schaute durch die offen stehende Tür hinter ihm her, wagte es aber nicht den Raum zu verlassen.

Göhlich hatte sie bisher nur am Rande wahrgenommen, weil sie normalerweise die Zimmer auf der anderen Seite des Pools putzte und selten in die Nähe von ‚31' kam. Nun musterte er sie argwöhnisch. Einerseits tat sie ihm leid, so verschreckt und eingeschüchtert wie sie jetzt in seinem Zimmer stand, andererseits misstraute er ihr, war entrüstet und spürte Zorn. Hatte sie seinen Ehering genommen? Besser gesagt: geklaut? Wer sonst sollte es gewesen sein? Verstohlen schaute er auf ihre Hosentaschen. Doch selbst wenn sie ihn dort versteckt hätte: er war viel zu klein, als dass sich seine Konturen durch den Stoff gezeigt hätten.

Als sie, warum auch immer, eine unerwartete Bewegung in Richtung Zimmertür machte, stellte Göhlich sich ihr in den Weg. Instinktiv. Auf keinen Fall durfte er sie gehen lassen! Aber zugleich war es ihm peinlich, die junge Frau so offensichtlich zu verdächtigen und daran zu hindern, das Zimmer zu verlassen. Er empfand eine seltsame Scham dabei, und beinahe trotzig redete er sich ein, dass er doch im Recht sei so zu handeln. Er wagte es jedoch nicht, ihr ins Gesicht zu sehen oder gar den Versuch zu machen, mit ihr zu sprechen. Stattdessen guckte er wiederholt auf seine Armbanduhr und ein ums andere Mal in Richtung Rezeption. Wo blieb Schröder? Hatte er Sok nicht angetroffen?

Er dachte daran, dass seine Frau ihn immer wieder aufgefordert hatte den Ring nicht mitzunehmen auf die Reise. Aber er hatte es anders gewollt. „Eigentlich müsstest du doch froh darüber sein, dass ich meinen Status als glücklich verheirateter Ehemann so deutlich zeige!", hatte er sie etwas ironisch besänftigt und dann doch halb im Ernst gefragt: „Was soll denn schon passieren? Meinst Du, irgendjemand hackt mir den Finger mit dem Ring ab?" Aber dann hatte er, um nur ja kein Risiko einzugehen, das gute Stück sofort nach der Ankunft im Hotel ins Safe gelegt, zusammen mit den wichtigen Dokumenten und den anderen Wertgegenständen. Und genau das war ihm nun zum Verhängnis geworden. So dachte er.

Endlich kam Schröder zurück. Im Laufschritt und die Flip Flops in der Hand. Noch vor ihm lief Sok, der trotz einer gewissen Korpulenz einen ziemlich wendigen Eindruck machte.

„Mr. Gohlich, what has happened?"

Umlaute waren unüberwindbar für Sok.

„Mr. Schroder told me bad luck ..."

Er baute sich vor Göhlich auf und starrte ihn, durchatmend, sekundenlang so entsetzt an, als säße dem Deutschen der Tod im Nacken. Dann grinste er plötzlich ‚so richtig saftig', wie Schröder es später ausdrücken sollte und klopfte Göhlich kumpelhaft auf die Schulter. „No problem, my friend! Vanna good girl!"

Göhlich roch Jasminduft, als der Manager so dicht vor ihm stand. Er wich einen Schritt zurück und informierte Sok mit wenigen Worten über das, was passiert war. Während er sprach, guckte Sok mehrfach abwechselnd zum Safe und hinüber zu dem Mädchen, das noch immer an derselben Stelle stand. Sie schien darauf zu warten, dass man ihr sagte, was zu tun sei.

„No problem, my friend!", versicherte Sok noch einmal an Göhlich gewandt. Gab dem Mädchen dann eine Anweisung in Khmer, die, vom Ton her zu urteilen, einem Befehl gleich kam und schüttelte seine Hand in ihre Richtung aus. „Los, los!", war damit wohl gemeint. Das Mädchen, das er Vanna genannt hatte, antwortete mit einem Blick, der, das fiel Schröder auf, einem ‚na warte, wir sprechen uns noch!' ähnelte, griff nach ihrem Putzeimer und verließ den Raum. Draußen stieg sie in ihre Schuhe und ging davon. Göhlich schaute verdutzt hinter ihr her.

„Please, go to my office!", forderte Sok die beiden Freunde auf. „One minute only."

Göhlich und Schröder schauten beide wie verabredet auf ihre Uhren, aber es blieb noch genug Zeit bis zur Abfahrt zum Großen See.

Soks Büro lag hinter der Rezeption. Ein kleiner, etwas muffiger Raum. Der Schreibtisch überladen mit etlichen Schriftstücken und Mappen, Broschüren, Notizblocks, Gläsern und Bechern, dazwischen ein Computer und ein Telefon. Eilfertig räumte Sok die beiden winzigen Korbsessel frei, auf denen ebenfalls alles mögliche deponiert war und bat die beiden Platz zu nehmen.

„Coffee?"

Göhlich und Schröder lehnten höflich ab. Sok ließ sich auf den Drehstuhl hinter dem Schreibtisch fallen und lächelte sie breit an. Entschuldigte sich wortreich für irgendetwas und bat sie, doch noch einmal in aller Ruhe zu erzählen, was passiert sei. Eines, und dabei erhob er den Zeigefinger seiner rechten Hand und machte ein nachdrückliches Gesicht, eines könne er ihnen aber gleich versichern: in seinem Hotel komme nichts weg. Und gestohlen worden sei noch nie etwas. Dafür lege er seine Hand ins Feuer. Sie sollten nur mal hören, wie zufrieden sich alle Gäste bei ihrer Abreise zeigten. Grundsätzlich! Aber bitte und noch einmal in Ruhe: was sei zu beklagen?

Göhlich staunte, dass der Manager mit seinen begrenzten Englisch-Kenntnissen offenbar in der Lage war, alles auszudrücken, was er wollte. Die englische Grammatik hatte er zwar auf wenige Basisregeln reduziert, aber sein Vokabular war erstaunlich reich. Göhlich tat, um was ihn der Manager gebeten hatte und fasste noch einmal geduldig zusammen, was zu sagen war.

„Und der Safe?", fragte Sok, „der Safe war offen?"

Göhlich gestand ein, dass er wohl vergessen hatte ihn zu verriegeln.

„Und fehlt noch etwas anderes außer dem Ring?"

Nein, alles andere war noch da.

„Dann findet sich der Ring auch wieder", versicherte Sok und gab sich überzeugt. „Heute Abend haben Sie ihn zurück."

Göhlich war erstaunt, er sah das anders. Jemand musste ja den Ring aus dem offenen Safe genommen haben, daran gab es keinen Zweifel. Er fragte Sok, warum er sich seiner Sache so sicher sei.

Sok zeigte stolz auf ein riesiges Organigramm, das hinter ihm an der Wand hing. Ein Plakat voller waagerechter und senkrechter Spalten, in denen sich tausende von Kringeln, Haken und Kreisen drängelten.

„Der Dienstplan", flüsterte Schröder seinem Freund zu.

Sok lächelte bestätigend, als hätte er Schröder verstanden. Drehte sich mitsamt dem Stuhl und zeigte auf eine der senkrechten Spalten. „Your room thirty-one. Name Chantrea."

„Chantrea?"

„Name of girl who cleans room." Sok freute sich über seine Erklärung, als hätte er ein lange gehütetes Geheimnis gelüftet.

„Today Chantreas job. I will ask her."

Göhlich guckte Schröder an, Schröder Göhlich. Sie dachten dasselbe. Hatte der Manager die junge Frau, die eben noch in Zimmer 31 war, nicht ‚Vanna' genannt? Wieso sprach er plötzlich von einer Chantrea?

„Wir sollten die Polizei rufen." Sie nickten einander zu und Göhlich bat Sok, das zu tun.

„Oh no! Police no good!" Sok sprang wie von einem Skorpion gestochen vom Stuhl auf. „Police not help!"

Er lief um seinen Schreibtisch herum und baute sich

vor den beiden Freunden auf, die sich ebenfalls von ihren Sesselchen erhoben hatten. Versuchte ihnen gestenreich und mit eindrucksvoller sprachlicher Akrobatik klarzumachen, dass die Polizei eine ganz schlechte Option sei. Niemand in Kambodscha wolle etwas mit der Polizei zu tun haben. Jeder ginge ihr aus dem Weg, weil er von ihr keine Hilfe erwarten könne. Er dagegen wisse genau, was zu tun sei, wolle so bald wie möglich mit Chantrea reden. Die Zimmermädchen seien die einzigen, die außer ihm einen Schlüssel für die Zimmer haben. Wenn jemand den Ring genommen habe, dann nur sie. Eine andere Möglichkeit gebe es nicht. Heute Abend sei der Ring wieder da.

Göhlich zögerte. Der Manager meinte es wohl ernst, wenn er auf gar keinen Fall die Polizei hinzuziehen wollte. Und er ließ auch keinen Zweifel daran, warum das so war. Ganz abgesehen davon, dass die Polizei absolut kein Interesse habe auch nur einen Finger krumm zu machen, um so einen - er bitte um Entschuldigung! - kleinen Ring wieder aufzutreiben. Die Gäste aus Germany sollten sich doch bitte mal vorstellen, was für eine Wirkung es habe, wenn zwei oder drei martialisch uniformierte Polizisten mit Gummiknüppel und Pistole im Halfter durchs Hotel liefen und irgendwelche Leute befragten. Es gehe ums Image! Nur der geringste Verdacht, dass irgendetwas Ungesetzliches im ‚Jayavarman VII‘ geschehen sein könnte, vertreibe die Gäste. Das spreche sich sofort rum. Er habe schon die Gerüchte im Ohr, die schneller entstünden als ein Affe sich von einem Ast zum anderen hangelte.

Sok war ins Schwitzen gekommen. Er bat die beiden Gäste aus Germany inständig, ihm zu vertrauen. Ja, er flehte sie an. Ganz sicher sei der Ring am Abend wieder da. Ganz sicher!

2

Mittwochmittag

„Wenn ich es nicht mit eigenen Augen sehen würde …"

Schröder brummelte es kaum hörbar vor sich hin, doch egal, ob Göhlich es gehört hatte oder nicht: er dachte dasselbe.

Das Boot, in dem sie saßen, tuckerte gemächlich durch eine gespenstisch anmutende, surreal anmutende Landschaft. An beiden Ufern des träge dahin strömenden Flüsschens, das in mehr oder weniger engen Schleifen mäanderte, wuchsen riesige Skelette in den Himmel: hunderte von 10, ja 12 und mehr Meter hohen Pfählen, die wie gigantische Zahnstocher aus dem lehmigen Boden steil in die Höhe stiegen und auf ihren Spitzen massive Holzhäuser trugen.

„Unglaublich!"

Schröder, der auf der rechten Seite des Bootes saß, „steuerbord", wie er Göhlich, seiner Heimat- und Hafenstadt Hamburg verpflichtet, unterrichtet hatte, starrte unentwegt nach oben, während das Boot sich durch das braungelbe Wasser auf den Großen See zu bewegte.

„Da oben sind Kinder. Und Hunde. Und Hühner." Er schüttelte den Kopf, als könne er immer noch nicht glauben, was er sah.

Göhlich hatte auf seiner, der Backbordseite, etwas anderes entdeckt: ein Wesen, das bis zu den Schultern im Fluss stand, um den Kopf ein riesiges Tuch gewickelt. Die Arme in die Höhe gestreckt und weit auseinander gespreizt, hielt es mit beiden Händen ein Netz und zog es, sich bedächtig, beinahe meditativ rückwärts bewegend, durch das Wasser. Als er das mit seinen Augen verfolgte, hatte Göhlich das Gefühl, dass es seine eigenen nackten Füße seien, die sich auf durchweichtem Lehmboden Schritt für Schritt über den Grund des Flusses tasteten und dabei tief einsänken. Er sah das so genau vor sich, dass er sich einbildete, es schmatzen zu hören. Und er malte sich aus, wie sich der Lehm-Glitsch zwischen seinen Zehen hindurch nach oben herausquetschte. Und das Wesen? Mal hob es sich ein wenig aus dem Wasser heraus, mal sank es tiefer ein. Wie ein Tänzer oder eine Tänzerin, dachte Göhlich, denn er konnte nicht erkennen, ob es sich um einen Mann oder eine Frau handelte. Er hielt die Hand über Bord und ließ sie einen Moment durchs Wasser gleiten. Es war brühwarm.

„Dass Menschen so leben können!", brummte Schröder gebannt vor sich hin. Dabei hatte er auf seinen zahlreichen Fernreisen schon viel Ungewöhnliches gesehen und erlebt. Diese ausgedehnten Touren unternahm er immer in den Sommerferien, wenn er 6 Wochen Zeit hatte. Und bei jeder sich bietenden Gelegenheit erzählte er später in allen Einzelheiten von Orten und Menschen, die ihn besonders beeindruckt hatten: der Inle-See in Myanmar etwa mit seinen Einbeinruderern und die Menschen im Sahel, die unbeirrbar kleine, 30cm hohe Dämme bauten, um das kostbare Regenwasser nicht weglaufen zu lassen. Oder die Salzwüsten in der Provinz Salta in Argentinien, 4000 m hoch im Gebirge. Solche Extreme beschäftigten Schröder sehr intensiv. Dabei war er aber seltsam gespalten. Einerseits fühlte er sich angezogen von außergewöhnlichen Lebensformen und exotischen Orten, die ihm immer einen wohligen Kribbel bescherten. Aber sein Dilemma war, dass er nicht wagte, auf eigene Faust dorthin zu reisen. Er suchte das Außergewöhnliche, den Kitzel, aber er schloss sich grundsätzlich nur Reisegesellschaften an oder, wie jetzt, seinem Freund Göhlich, der ihren Urlaub in allen Einzelheiten geplant und gebucht hatte.

Wie es hier wohl aussieht, wenn die Sonne nicht scheint, sinnierte Göhlich. Wenn der Himmel grau ist und die Wolken tief hängen und der Pegel des Sees so hoch ansteigt, dass der Flusslauf in ihm verschwindet und die Häuser sich nur noch dicht über den Wasserspiegel erheben. Über das Phänomen des Tonle Sap im Reiseführer zu lesen war ja ganz interessant, dachte er, doch er hatte sich einfach nicht vorstellen können, dass es wirklich so sein könnte. Jetzt aber, als er selbst sah, wie die Menschen damit zurechtkommen müssen, war das etwas ganz anderes.

„Ich hätte das ja nicht gemacht", sagte Schröder unvermittelt und riss Göhlich damit aus seinen Gedanken.

„Was?"

„Du hättest Vanna nicht einfach gehen lassen dürfen. Wahrscheinlich hatte sie den Ring doch noch in der Tasche. Oder sonst irgendwohin gesteckt. Wir hätten sie durchsuchen sollen."

Göhlich versuchte zu rekapitulieren.

„Also Vanna ist das Mädchen, das nur heute bei mir saubergemacht hat", sagte er, „und die andere, die auf dem Dienstplan steht und eigentlich bei mir putzen sollte, heißt Chantrea."

Schröder nickte, und Göhlich schwieg wieder. Vielleicht hatte sein Freund recht. Aber er erinnerte sich an den Moment, als Vanna in seinem Zimmer stand, unbewegt und verschreckt abwartend, was geschehen würde. Natürlich hatte er auch sofort daran gedacht sie zu durchsuchen. Nur: wie hätte er das machen sollen? Als Mann hätte er das nicht gekonnt. Und das Gefühl der Scham, das er nur bei dem Gedanken daran noch einmal empfand, war einfach zu stark. Er hätte es nicht fertig gebracht ihr so direkt zu zeigen, dass er sie verdächtigte …

„Und du bist ganz sicher, dass du den Ring in den Safe gelegt hattest?", fragte Schröder.

„Bin ich", antwortete Göhlich, „direkt nach unserer Ankunft. Zusammen mit meinem Pass und den anderen wichtigen Sachen, noch bevor ich den Koffer ausgepackt habe. Mach ich immer. Ist Routine."

Schröder dachte nach. „Und dass du nicht darauf bestanden hast, die Polizei zu rufen, war übrigens auch falsch."

„Sok hat doch versichert, dass er die Sache bis zum Abend geklärt haben will", verteidigte sich Göhlich mehr oder weniger selbstsicher, „und dass der Ring dann wieder da ist." Aber auch ihm war längst aufgegangen, dass es vielleicht zu naiv war dem Manager die Sache zu überlassen. Doch er hätte es niemals geschafft, sich einfach über ihn hinweg- und sich durchzusetzen. Wir als Ausländer können nicht beurteilen, wie in diesem Land gedacht und gehandelt wird, war seine Überzeugung. Dass Schröder das nicht offen infrage stellte, insgeheim aber gerne anders dachte, wusste er.

„Was hättest du denn getan?"

Schröder grinste ihn an. „Wahrscheinlich dasselbe wie du."

Das Flüsschen, auf dem sie dahintrieben, verwandelte sich allmählich in einen Fluss. Der Bootsmann, ein junger Khmer, steuerte jetzt am rechten Ufer entlang, wo keine Häuser mehr standen, sondern Baumwurzeln kreuz und quer durch die Luft strebten. Mangroven. Land war kaum mehr zu erkennen. Waren sie etwa schon auf dem See?

„Hast du gesehen, dass Sok so richtig saftig gegrinst hat?", fragte Schröder, „der scheint mir nicht ganz koscher zu sein."

„Mag sein. Muss aber nicht. Ich kann verstehen, dass er sich Sorgen um sein Hotel macht, wenn er die Polizei dort antanzen lässt. Fändest du als Gast auch nicht so schön."

„Ich dachte, du bist Journalist."

„Was willst du denn damit sagen?"

„Ja, dass es dich doch jucken muss, so schnell wie möglich die ganze Wahrheit herauszukriegen."

„Das ja. Aber die Frage ist, auf welchem Wege man am ehesten zum Ziel kommt."

Schröder klopfte ihm beinahe liebevoll auf die Schulter. „Ist ja gut. Mein ich nicht böse." Göhlich klopfte zurück.

„Aber der Ring: das ist doch dein Ehering, oder? Der hat doch gekostet, oder?"

„An die 1000 Euro. Einer!"

„Katrin wird nicht begeistert sein."

Schröder wusste, wie sehr Göhlichs Frau an ihrem Ehering hing. Nicht, weil er einen materiellen Wert hatte, sondern weil er für sie das Symbol einer wirklichen, tiefen Liebe war. Als Trauzeuge und auch später, beim festlichen Hochzeitsessen, hatte er damals mitbekommen, wie Katrin den Ring immer wieder von ihrem Finger zog und ihn glückstrahlend betrachtete, bevor sie ihn wieder ansteckte. Das war jetzt schon 4 Jahre her. Kinder hatten sie noch nicht. Irgendwie passt das aber zu einem Journalisten, der immer unterwegs ist, dachte Schröder. Und auch zu Katrin, deren Ziel es war, sich eine eigene Praxis als Allgemeinärztin aufzubauen, und die, soweit er das bei seinen gelegentlichen Besuchen in Düsseldorf mitbekam, dafür ganz schön ranklotzte. Er hatte oft darüber gestaunt, dass Katrin sich einerseits so tief in ihre Arbeit vergraben konnte, andererseits aber voller romantischer Gefühle steckte. „Sie hat schon einmal gelebt", erzählte Göhlich bei jeder Gelegenheit, „vor 200 Jahren." Auch er war immer wieder fasziniert von dieser Seite seiner Frau. Und unvermeidlich zitierte er dann zuverlässig seinen Lieblingsdichter: „Wo große Blumen schmachten im goldnen Abendlicht, und zärtlich sich betrachten mit bräutlichem Gesicht." Wenn er dann in verblüffte Gesichter sah, legte er sofort nach: „Heinrich Heine". Schröder, der Deutschlehrer, wenn er dabei war, konnte es nicht lassen zu fragen: „Und wie geht's weiter?"

Göhlich schwieg. Er malte sich aus, wie Katrin reagieren würde, wenn er den Verlust seines Ringes gestehen müsste. Vorwürfe würde sie ihm nicht machen, da machte er sich keine Gedanken. Aber schwerer wog, dass es sie arg schmerzen würde. Und so versuchte er sich einzureden, dass noch nicht aller Tage Abend sei. Hoffte, dass der Optimismus, den Sok an den Tag gelegt hatte, begründet war.

Unerwartet ging ein leichter Ruck durch den Schiffskörper; er hob sich um ein paar Zentimeter und klatschte zurück ins Wasser. Eine Welle! Sie hatten den See erreicht. Vor ihnen breitete sich eine riesige, graue Fläche aus; von dem lehmigen, braungelben Flusswasser, das sie bisher begleitet hatte, war nichts mehr zu sehen.

„Tonle Sap!" Der Bootsführer drehte sich zu den beiden Deutschen um. „Many, many fish." Tatsächlich, das hatten die beiden öfter gelesen, ist der riesige See eines der fischreichsten Gewässer Südostasiens.

Dass sie 10 Minuten später auf eine kleine Gruppe von schwimmenden Häusern zuhielten, war keine Überraschung. Sie waren im Programm für diesen Ausflug als „Schwimmendes Restaurant" angekündigt, das man ansteuern würde. An Bord des Etablissements liefen schon ein Dutzend oder mehr Touristen herum, die in alle Himmelsrichtungen fotografierten. Und als sie angelegt hatten und der Bootsführer ihnen die Hand reichte, damit sie ungefährdet aus dem schaukelnden Boot an Deck gelangen konnten, fielen ihnen als erstes die eingeschweißten Speisekarten auf, die überall auf den Tischen herumlagen.

„Please, sit down! You want Angkor Beer?"

✳✳✳

Kaum, dass Chantrea sich mit Vanna einig geworden war, hatte sie sich aufs Moped gesetzt, um das Hotel so schnell wie möglich hinter sich zu lassen. Sie fühlte sich schlecht. Sie war verwirrt und nicht mehr in der Lage, einen klaren Gedanken zu fassen. Ein ganzer Tag

Lohn würde ihr fehlen! Das machte sie wütend. Und so umsichtig und bedacht sie normalerweise fuhr, so überstürzt hetzte sie diesmal in Richtung Phoum Pradak.

Das Dorf lag einige Kilometer östlich von Angkor Wat in einer lichten Ansammlung dürrer Bäume, etwas abseits der Straße zu den berühmten Tempeln von Banteay Srei. Es waren nur wenige Hütten, die dort nach und nach entstanden waren, die meisten weit voneinander entfernt. Dort lebte sie mit ihrer Großmutter, ihrer Mutter und zwei kleinen Brüdern, Zwillingen. Ihren eigenen Vater hatte sie nie kennengelernt; er hatte die Familie schon bald nach ihrer Geburt verlassen. Auch den Vater der Zwillingsbrüder hatte sie seit zwei Jahren nicht mehr gesehen. Eines Tages war er weggegangen und nicht zurückgekommen.

Jetzt, um die Mittagszeit war es heiß, auch unter den halb vertrockneten Bäumen; die Mutter lag auf einem Bambuspodest im Schatten ihres Hauses. Die Familie nannte es ‚Haus‘, doch es war nicht mehr als eine primitive Hütte, zusammengehauen aus Brettern und unzähligen Ästen, mit einem schmalen, von gebleichten Plastikbändern notdürftig verschlossenen Eingang. Außer durch eine schmale Öffnung unmittelbar daneben, die mit einem mehrfach eingerissenen Fliegengitter überspannt war, drang kein Tageslicht herein. Fenster gab es nicht. Das Innere war wie eine Höhle. Nur durch die knochentrockenen Blätter, die behelfsmäßig das Dach bildeten, wo das Blech nicht mehr gereicht hatte, drang noch ein bisschen Helligkeit herein. Und durch ein paar schmale Lücken, die sich zwischen den Ästen auftaten und nicht mit Erde oder Pappe oder irgendetwas anderem zugestopft waren.

Als Chantrea ihr Moped abstellte, schlief die Mutter.

„Sie schläft den ganzen Tag!", sagte die Großmutter und griff sofort nach der Plastiktüte, die an der Lenkstange von Chantreas Moped hing. Auf dem Weg nach Hause hatte sie eingekauft. Etwas Gemüse für eine Suppe, Reis, ein paar Limonen und zwei große Flaschen Wasser. Die Familie war beinahe ausnahmslos angewiesen auf ihren Verdienst. Das war ihr einziges Einkommen, seit auch der zweite Mann ihrer Mutter verschwunden war, abgesehen von den paar Riel, die die Großmutter mit dem Flechten von Korbuntersetzern aus Palmfasern bekam. Dass sie an diesem Tag nicht einen einzigen Dollar verdient hatte, bedrückte Chantrea. Der Lohn für ihre Arbeit im ‚Jayavarman VII' war zwar gering, doch umso mehr würde er fehlen. Und dazu kam, dass sie viele Kilometer umsonst mit ihrem Moped gefahren war und Sprit verbraucht hatte.

„Mama?"

Chantrea beugte sich besorgt zu ihrer Mutter hinunter, doch die hatte die Augen geschlossen und seufzte ein bisschen, antwortete aber nicht.

„Was ist mit ihr? Ist es schlechter geworden?"

„Lass sie schlafen", flüsterte die Großmutter.

Im selben Augenblick spürte Chantrea einen heftigen Schlag gegen ihren Oberschenkel. Als sie erschrocken an sich hinab guckte, lag auf dem Erdboden neben ihr die halb zerfetzte Hülle eines zusammengeflickten Bündels, mit Stoffresten gefüllt und mit Draht zusammengebunden. Die beiden Zwillingsbrüder, 5 Jahre alt, spielten damit Fußball. „Passt doch auf!", rief sie und schob das Provisorium mit dem Fuß von sich. Es hielt nur einige kräftige Schüsse aus, bevor die Stoffe wieder hervorquollen.

Doch die beiden Jungen waren unermüdlich darin, den alten Zustand immer wieder neu herzustellen. Chantrea versuchte, die beiden Kleinen, die sich keinesfalls schuldbewusst zeigten, zu verscheuchen, weil sie fürchtete, dass der Ball irgendwann ihre Mutter treffen könnte. Aber erfolglos. Sie konnte und wollte sich eigentlich auch gar nicht durchsetzen mit einem Verbot, denn sie war alt und einsichtig genug zu wissen, dass die Brüder kaum andere Vergnügungen hatten.

Während die Großmutter das Gemüse ins ‚Haus' brachte, schlenderte Chantrea, die nicht wusste, was sie tun konnte, zum Garten, der etwas abseits vom ‚Haus' lag. Die wenigen Quadratmeter aufgehackter Erde waren allerdings nicht viel mehr als der Versuch, etwas Gemüse anzubauen. Ein paar Zwiebeln, eine Art Lauch, Auberginen. Das Ergebnis war kümmerlich, was vor allem an dem schlechten Boden lag.

Auf dem Weg dorthin wurde sie auf die beiden Männer aufmerksam, die seit einigen Tagen auf dem Nachbargrundstück einen Brunnen bohrten. Das war eine Sensation für Phoum Pradak, wo sich eigentlich niemand so ein Vorhaben leisten konnte. Die Neugierde war riesengroß gewesen, als vor wenigen Tagen ein Pickup mit Baumaterial und Werkzeug erschienen war, und es hatte sich blitzschnell herumgesprochen, was bei den Nachbarn geschehen sollte. Ein amerikanischer Konzern wollte ‚etwas Gutes' tun und sich damit ein werbeträchtiges Aushängeschild zulegen; deshalb organisierte und finanzierte er über private Spenden den Bau von Brunnen. Eine einfache Konstruktion, bei der nicht viel kaputt gehen und die man im Notfall selber wieder instand setzen konnte.

In der Region waren schon mehrere dieser Brunnen gebaut worden, und neben ihnen waren Hinweisschilder angebracht mit den Namen der großzügigen Spender aus Amerika, Europa und Australien. Kaum jemand hatte diese Spender je zu Gesicht bekommen; nur zwei oder dreimal hatte ein Auto angehalten, ein paar gut gekleidete Leute waren ausgestiegen, hatten sich kurz einen Brunnen angesehen, ihn mitsamt den Namenstafeln fotografiert und zufrieden mit dem Kopf genickt, bevor sie weitergefahren waren. Mit den Leuten im Dorf hatten sie nicht gesprochen.

„Wann ist der Brunnen fertig?", fragte Chantrea die beiden Arbeiter.

„Kommt drauf an, wie gut wir mit der Bohrung vorankommen."

„Wie tief müsst ihr gehen?"

Eine der beiden wischte sich mit der Hand über die Stirn. „40 m, 50m, kann man nie genau sagen."

„Und wer darf den Brunnen benutzen?"

Die Arbeiter lachten. Das war die richtige Frage, auf die jeder eine Antwort wusste.

„Weiß ich nicht", sagte der eine trotzdem, „musst du den Chef fragen."

Chantrea hatte nicht viel Hoffnung, dass sie jemals berechtigt sein würde, auch nur einen Liter Wasser aus dem Brunnen zu pumpen. Die Nachbarn, auf deren Gelände er angelegt wurde, besaßen Hühner und eine Kuh. Die würden das Wasser für sich beanspruchen. Und der Brunnen, wenn er erst einmal fertig war, würde die dann stolzen Eigentümer verändern. Sie würden ihr gewachsenes Prestige pflegen und sorgsam darauf achten müssen, dass ihr Brunnen nicht jederzeit und schon gar nicht für alle zugänglich war.

Chantrea wandte sich ab und beschäftigte sich mit ihrem Garten. Versuchte, den Erdboden um die kraftlosen, schlaffen Gemüsepflänzchen zu lockern. Wasser würde ihnen gut tun, dachte sie. Dabei kam ihr plötzlich der Pool in den Sinn, der vor Zimmer 31 lag, das sie heute hätte putzen sollen. Sie selbst würde ihn wohl nie benutzen. Das machte sie aber weder traurig noch wütend. Dazu war ihr die Welt der Touristen viel zu fremd und viel zu weit entfernt. Es war eine ganz andere, unwirkliche Welt, die nicht für sie bestimmt war. Die Touristen standen eines Tages an der Rezeption, erhielten einen Begrüßungstrunk und drei oder vier Tage später fuhren sie wieder ab. Woher sie kamen und wohin sie gingen, davon hatte Chantrea kaum eine Vorstellung. Wenn sie sich miteinander unterhielten, konnte sie kein Wort verstehen. Und manchmal sah sie Gegenstände in den Hotelzimmern herumliegen, von denen sie nicht einmal wusste, wofür sie waren.

Als Göhlich und Schröder zu ihrer Tagestour aufgebrochen waren, ließ Sok sich wieder auf seinen Drehstuhl fallen und atmete erst einmal durch. Dann, nach einigen Minuten, in denen er vor sich hin gedöst hatte, griff er zum Telefon, rief die Rezeption an und bestellte einen Jasmintee.

Warum machen Touristen immer so dämliche Sachen, dachte er. Jeden Tag muss ich mich mit ihren Dummheiten herumschlagen. Ihm fiel diese chinesische Familie wieder ein, die vor ein paar Tagen den Nachmittag am Pool verbracht hatte. Mehrere Erwachsene waren das und drei oder vier Kinder. Die erziehen sie ganz anders als wir, war ihm durch den Kopf gegangen, als er die Kinder ohne Rücksicht auf andere herumtoben sah. Die dürfen alles! Die Chinesen hatten sich Eis und Mango mit Klebreis bestellt, und die Bedienung hatte das Tablett mit 6 Portionen auf einem Liegestuhl abgestellt, um einen Tisch heranzuziehen. Dann geschah es, dass sich zwei der Kinder stritten. Sie stießen dabei an den Liegestuhl, und das Tablett rutschte in den Pool. Zuerst erschraken die Kinder, doch dann lachten sie sich kaputt, als sie die Früchte und den Reis und das Eis im Wasser schwimmen sahen. Der Pool musste komplett geleert, gereinigt und wieder mit frischem Wasser aufgefüllt werden. Das hat gedauert und gekostet. Und die Eltern? Haben sich nicht mal entschuldigt!

Oder gestern die amerikanischen Studenten. Die spielten Frisby und warfen die Scheibe quer über den Pool, hin und her. Bis es dem älteren schweizerischen Ehepaar zu laut wurde und einer der Amerikaner, weil er die Wurfscheibe doch noch erreichen wollte und dabei nur nach oben guckte, über die Liege der Frau stolperte. Was es für Mühe kostete, den Streit zu schlichten und gute Miene zum bösen Spiel zu machen!

Und heute diese Deutschen und der Ring. Selbst schuld, wenn sie ihr Safe nicht verschließen. Wofür hat man denn einen? Dafür geradestehen müsste das Hotel aber auf keinen Fall. Nur der Ärger! Und natürlich würde es sich herumsprechen, dass im Hotel geklaut wird.

Sok vernahm, wie sich von draußen jemand näherte, seine Plastiklatschen abstreifte, für einen kurzen Moment an der Tür zu horchen schien und dann leise anklopfte. Er knurrte Zustimmung, eines der Zimmermädchen trat ein, näherte sich auf Zehenspitzen seinem Schreibtisch und servierte ihm den Tee.

„Moment!", sagte Sok, als das Mädchen eine Verbeugung andeutete und wieder gehen wollte.

Er stand auf und schaute auf den Dienstplan an der Wand.

„Hol mir Chantrea!"

Das Zimmermädchen nickte dienstfertig mit dem Kopf, ging aber nicht weg, sondern blieb unschlüssig vor dem Schreibtisch stehen und blickte verlegen auf seine Füße.

„Was ist?", fragte Sok, „du sollst mir Chantrea holen!"

Als das Mädchen immer noch nicht reagierte, wurde Sok ärgerlich. „Hast du nicht gehört? Ich will Chantrea sprechen."

„Chantrea ist nach Hause gefahren", brachte das Mädchen mühsam hervor.

„Wie bitte?" Sok zeigte mit dem Finger auf den Dienstplan. „Sie hat Dienst heute! Da steht es."

„Aber sie ist nach Hause gefahren, weil ihre Mutter …"

„Wieso das denn", empörte sich Sok, „wer hat ihr das erlaubt?"

„Sie hat mit Vanna getauscht, weil ihre Mutter krank ist und sie nach Hause …"

„Hol mir Vanna! Und zwar sofort! Macht hier jeder, was er will?"

Das Mädchen erschrak vor dem barschen Tonfall, mit

dem Sok sie angeherrscht hatte, machte eine tiefe Verbeugung und verließ eilends das Büro.

Sok musterte kopfschüttelnd die geschlossene Tür, setzte sich dann wieder auf seinen Drehstuhl und begann, weil er nichts Besseres wusste, das Durcheinander auf seinem Schreibtisch zu ordnen. Er war aber zu nervös, um dabei systematisch vorzugehen. Diese Vanna, die erst seit wenigen Wochen im Hotel arbeitete, beherrschte seine Gedanken. Sie trat für seinen Geschmack zu selbstsicher auf. Doch so, wie sie aussieht und was sie aus sich macht, dachte er, ist das kein Wunder. Er fürchtete, dass sie ihm eines Tages noch Schwierigkeiten machen würde. Aber als Frau, so jung, beeindruckte sie ihn.

Auch nachdem er all die Schriftstücke, Broschüren und Mappen ein paarmal hin- und hergeschoben hatte, sah sein Schreibtisch nicht übersichtlicher aus als vorher. Der Jasmintee, von dem er einen Schluck nehmen wollte, war noch sehr heiß; er stellte die Tasse zu heftig wieder ab, sodass etwas von dem Tee überschwappte. Als er nach irgendetwas suchte, um den Tisch trocken zu tupfen, klopfte es wieder an die Tür.

„Ja!", brummte Sok und hörte, wie draußen jemand seine Schuhe abstreifte. Vanna. Sie trat ein und grüßte ihn nicht unbedingt freundlich. Aber als Sok sie sah, richtete er sich auf seinem Drehstuhl auf und bemühte sich, seinen Ärger nicht sichtbar werden zu lassen. Das fiel ihm auch nicht allzu schwer, denn der Anblick des Zimmermädchens stimmte ihn sofort deutlich milder.

Natürlich trug sie nicht die Arbeitskleidung, die ihr das Hotel zur Verfügung gestellt hatte, sondern ihre privaten Sachen. Als sie ihre Arbeit im ‚Jayavarman VII' begonnen hatte, hatte Sok sie zwar darauf hingewiesen, dass sie, wie alle anderen Zimmermädchen auch, während der Dienstzeit den grauen Arbeitskittel zu tragen hätte, den ihr das Hotel zur Verfügung stellte. Das hatte sie auch einige Tage befolgt. Danach hatte sie aber begonnen, in ihren eigenen Sachen zu putzen. Sok war hin- und hergerissen. Er konnte es natürlich nicht einfach hinnehmen, dass seine Anweisungen missachtet wurden. Aber er konnte auch nicht leugnen, dass ihm gefiel, wie Vanna sich kleidete. Das ist was fürs Auge! hatte er gedacht und sich darin gesonnt, so ein attraktives Zimmermädchen eingestellt zu haben. Er hatte sie zwar nochmals darauf aufmerksam gemacht, dass sie während der Arbeitszeit eigentlich den Arbeitskittel tragen müsse - ja, ‚eigentlich‘, das hatte Vanna wohl gehört und ihn unwiderstehlich angelächelt.

„Ich hab gehört, dass du mit Chantrea getauscht hast“, kam er ungewöhnlich schnell und überraschend wohlwollend zur Sache. Er wollte es rasch hinter sich bringen, ohne bei Vanna einen ungünstigen Eindruck zu hinterlassen. „Stimmt das?“

„Stimmt!“, sagte Vanna und schaute ihn dabei so herausfordernd an, dass er ein wenig unsicher wurde.

„Und warum habt ihr mich nicht gefragt?“

„Weil wir keine Zeit hatten“, antwortete Vanna schnippisch, „Chantreas Mutter ist krank. Sie hat angerufen und wollte, dass Chantrea nach Hause kommt und ihr hilft. Und sie hat mich gefragt, ob ich ihre Zimmer übernehmen kann.“

„Und du hast zugestimmt?“

„Ja. Wenn ich ihr helfen kann, tu ich das.“

„Das bedeutet natürlich, dass Chantrea für heute keinen

Lohn bekommt."

„Natürlich muss sie Lohn bekommen!" Vanna schaute ihrem Chef ins Gesicht. „Die Arbeit wird ja erledigt. Von mir. Und zwar genauso gut, als hätte Chantrea sie gemacht. Sie will mir dafür ihren Tageslohn geben."

Sok wusste nicht, ob er sich darüber aufregen oder freuen sollte. Es gefiel ihm ganz und gar nicht, dass die beiden Mädchen den Tausch ohne seine Zustimmung vorgenommen hatten. Andererseits war es zweifellos eine Entlastung für ihn, dass dieses kleine Problem ohne sein Zutun so schnell gelöst worden war. Und als ihm bewusst wurde, dass Vanna nicht vor ihm kuschte so wie ihre Kollegin, die ihm den Jasmintee gebracht hatte, begann er das sogar interessant zu finden. Irgendetwas reizte ihn daran. Er empfand den angenehmen Kitzel einer Herausforderung.

„Und was ist mit dem Ring? Hast du ihn genommen?"

„Ich?"

Vanna war empört. Sie baute sich vor Sok auf wie eine Schlange, die kaltblütig den richtigen Moment zum Angriff abwartet.

„Wer sonst? Du warst doch die Einzige, die in Zimmer 31 gewesen ist."

Wäre Vanna tatsächlich eine Schlange gewesen, hätte man es jetzt gefährlich zischen gehört. „Zuerst war Chantrea drin, und dann ich. Aber das heißt noch lange nicht, dass ich den Ring gestohlen habe. Bin doch nicht blöd."

„Also war es Chantrea, wer sonst?"

„Keine Ahnung. Woher soll ich das wissen?"

Sok überlegte. Wenn es Vanna tatsächlich doch gewesen sein sollte, hatte sie den Ring längst irgendwo versteckt. Es wäre also nutzlos sie zu bitten ihre Taschen zu leeren.

„Kann ich jetzt gehen?"

Vanna lächelte ihn erneut an. Er zögerte mit einer Antwort, denn er war sich nicht sicher, wie er dieses Lächeln aufnehmen sollte. Fühlte sie sich ihm überlegen? Zeigte sie das auf diese Weise? Oder wollte sie ihm etwas anderes vermitteln? Er schaute noch einmal hin. Unauffällig. Aber sie lächelte wieder. Und plötzlich hatte er, warum auch immer, das Gefühl, dass sie ihn provozieren wollte. Nicht aus Gemeinheit und nicht um ihn zu ärgern, sondern als Frau. Sie stand da und zeigte, wie attraktiv sie war. Das meinte er auch in der kleinen Bewegung zu entdecken, die durch ihren Körper ging, als sie sich ein wenig streckte und ihr Kinn anhob. Er ging auf sie zu und machte Anstalten ihr den Arm um die Hüfte legen. Doch er hatte sich getäuscht: die Schlange biss zu. „Lass bloß die Finger von mir!", zischte sie. Und flüsterte, so leise, dass niemand vor der Tür es hören konnte, aber doch laut genug für Sok: „Wenn du etwas willst, dann geh auf die chicken-farm. Du weißt doch, wo die ist."

3
—

Mittwoch, früher Abend

Kurz vor der Ankunft im Hotel ‚Jayavarman VII‘ hielt Göhlich es kaum noch aus. Fortwährend rutschte er hin und her auf der Sitzbank des Tuktuks, das sich, wie er unentwegt beklagte, viel zu langsam fortbewegte. Und obwohl die Uhrzeit absolut nichts zu tun hatte mit seiner Zappelei, guckte er in immer kürzer werdenden Abständen auf seine Armbanduhr.

„Wir hätten eben doch die Polizei rufen sollen“, sagte Schröder, dem Göhlichs Nervosität auffiel; ihm war natürlich klar, was der Grund dafür war. Sofort, aber doch zu spät, wurde ihm ebenfalls klar, dass seine Bemerkung etwas unglücklich war, und als Wiedergutmachung stieß er seinen Freund aufmunternd mit dem Ellbogen an. „Wird schon!“

Rush hour in Siem Reap, das bedeutete in der Tat einen nicht enden wollenden, zähflüssigen Strom von hunderten Fahrrädern und Mopeds. Wer da zum Überholen ausscherte, nur um ein paar lächerliche Sekunden zu gewinnen, der lief große Gefahr allzu bald einem anderen Fahrzeug frontal gegenüber zu stehen, das in umgekehrter Richtung denselben Versuch unternommen hatte.

Schon lange, bevor sie das Hotel erreichten, hatte Göhlich sich fertiggemacht zum Aussteigen. Er hielt die Gurte seines kleinen Rucksacks fest in der Hand und hatte den linken Fuß schon halb draußen.

Die Unruhe vom Morgen hatte ihn erneut überfallen; diesmal noch heftiger. Immerhin wusste er jetzt, warum. Was allerdings nur ein schwacher Trost war. Typisch für ihn war, dass er sich vor allem über die unverzeihlichen Dummheiten ärgerte, die er begangen hatte. Im Lauf des Tages, als er ein wenig Abstand zu den Vorgängen am Morgen gewann, war ihm das nach und nach aufgegangen. Und dass er die beste Gelegenheit, den Fall aufzuklären, verpasst hatte. Schröder hatte wahrscheinlich recht, wenn er meinte, dass er sich gleich doppelt falsch verhalten hatte. Er hätte Vanna tatsächlich durchsuchen lassen sollen. Irgendwie hätte sich schon eine Möglichkeit dazu gefunden. Obwohl, ging es ihm durch den Kopf, er sich nicht darin erinnern konnte, in diesem Land schon jemals eine Polizistin gesehen zu haben. Er hätte aber zumindest darauf bestehen sollen, die Polizei zu rufen. Nun war es vermutlich zu spät.

Seine unverzeihliche Dummheit war aber nicht das Einzige, das ihn quälte. Ganz allmählich, je näher die Rückkehr nach Deutschland rückte, dämmerte ihm, dass seine Frau den Verlust nicht so leicht hinnehmen würde. Er konnte sich noch genau an die Suche nach den richtigen Eheringen erinnern, die nie ein Ende zu nehmen schien. An die zahlreichen Juweliergeschäfte, die sie auf der Suche nach etwas Besonderem abgeklappert hatten. Und dann an den Moment in der winzigen Goldwerkstatt am Rande der Düsseldorfer Altstadt, als ihnen der Besitzer die kleinen Kunstwerke zeigte, die er gerade für ein anderes Paar fertiggestellt hatte. Katrin war sofort Feuer und Flamme für sie - und maßlos enttäuscht, als der Mann ihnen klar machte, dass diese Stücke eine Auftragsarbeit und damit verkauft waren. Göhlich hatte sofort gespürt, was seine Aufgabe war, und er hatte den Juwelier gefragt, ob er etwas Ähnliches noch einmal herstellen könne. Katrin war ihm um den Hals gefallen, als wolle sie ihn nie wieder loslassen. Sie konnte sofort und im Detail erklären, welche kleinen Änderungen sie gerne hätte. Und als der Juwelier das alles für möglich erklärte und den Preis nannte: etwa 2000€ für beide Ringe, hatte Göhlich heimlich geschluckt, aber nein sagen konnte er natürlich nicht.

Als sie am Nachmittag in dem schwimmenden Restaurant saßen, hatte er das alles vergessen. Es gab zuviel anderes, was dort auf ihn einstürmte und seine Aufmerksamkeit in Anspruch nahm. Vor allem die Kinder, die pausenlos vom Boot ins Wasser hopsten, dort juchzend herumtobten und mit ihren flachen Händen das Wasser aufspritzen ließen; dass die Touristen dabei den ein oder anderen Tropfen abbekamen, war sicher nicht ganz unbeabsichtigt. Göhlich und Schröder waren überrascht zu erfahren, dass der riesige See - und das Restaurant lag nicht in Ufernähe - an den meisten Stellen nur etwa 2 m tief war. An manchen Stellen konnten die Kinder sogar auf dem Grund stehen. Einige kletterten immer wieder auf das Dach des Hausbootes und sprangen von dort in hohem Bogen und laut schreiend ins Wasser. Sie boten so etwas wie eine kleine Show. Einer hielt plötzlich einen dicken, zappelnden Fisch in der Hand und gebärdete sich, als sei ihm ein einmaliger Fang gelungen; als er überzeugt war, dass ihn alle gesehen hatten, warf er ihn zurück in einen großen Zuchtkäfig, der fest im Wasser verankert war und in dem noch hunderte andere Fische schwammen.

Nachdem sie all ihre Künste vorgeführt hatten, kletterten sie wieder an Bord und drückten sich verlegen in der Nähe der Tische herum, an denen die Gäste saßen. Ganz anders als bei ihren Spielen im See machten sie plötzlich einen traurigen, bemitleidenswerten Eindruck, wie sie mit nassen Haaren und in ihren schäbigen, teils zerrissenen Unterhosen abwartend herumstanden. Es war nicht zu übersehen, worauf sie aus waren. Und bald hatten sie etliche Dollarscheine eingesammelt.

„Hab ich mir gedacht, dass sie am Schluss die Hand aufhalten!", sagte Göhlich und lachte. Schröder belehrte ihn: „Irgend wovon müssen sie auch leben. Kann man ihnen nicht übelnehmen." Sein pädagogischer Ton war unüberhörbar. „Hätt ich nicht gedacht", erwiderte Göhlich und bemühte sich, nicht zu ironisch zu klingen, „man muss doch nur die Hand ins Wasser halten, und schon hat man einen Fisch. Oder?"

Als sie wieder in ihr kleines Boot stiegen, warf die schon weit hinabgesunkene Sonne einen langen, gleißenden Lichtstrahl bis zu ihnen herüber. Er brach sich tausendfach auf der Wasseroberfläche und sah aus wie ein rotgelb-goldenes Band, das tanzend sich stetig auflöste und immer wieder neu aufleuchtete. „Der perfekte Kitsch!", sagte Schröder und machte, auf der Suche nach der besten Position hektisch über das ganze Boot turnend, eine endlose Serie von Fotos. „Aber es ist die Wirklichkeit! Unglaublich! Das werden die schönsten Bilder in meinem Vortrag." Doch es gelang ihm nicht, den gleißenden Sonnenstrahl, der sich schnurgerade bis zum Horizont über den See zog, auch nur entfernt so eindrucksvoll zu fotografieren, wie er auf dem See tanzte und glitzerte. Göhlich versuchte es erst gar nicht.

Als das Tuktuk endlich vor dem Hotel hielt, hatte er den Nachmittag schon vollständig vergessen. Er lief sofort zu Sok, doch der war nicht in seinem Büro.

„May be airport", wurde ihm gesagt.

„ Am Flughafen?"

„May be airport."

„Und wann ist er wieder da?"

Der dienstbeflissene junge Mann an der Rezeption wich erschrocken ein Stück zurück, als er diese viel zu konkrete Frage hörte. Er konnte keine Antwort darauf geben, er wusste sie ja auch gar nicht; am liebsten wäre er im Erdboden versunken. Unter normalen Umständen hätte Göhlich gedacht: lieber keine Antwort als eine falsche. Aber die Umstände waren nicht normal. Nicht für ihn.

„Ich muss es wissen!", beharrte er. Doch das änderte gar nichts. Er erfuhr lediglich, soweit er den jungen Mann richtig verstanden hatte, dass Sok zum Flughafen gefahren war um eine Reisegruppe aus China in Empfang zu nehmen. „May be."

„Lass uns erst mal duschen!" Schröder legte seine Hand auf Göhlichs Schulter und sah ihn beschwichtigend an.

Als Göhlich unter der heißen Dusche stand und das wohltuende Gefühl genoss, dass der Schweiß des drückend heißen Nachmittags nach und nach weggespült wurde, versuchte er seine Gedanken zu ordnen. Eigentlich war es ja ganz einfach. Er hatte vergessen, die Safetür zu schließen. Und die Einzigen, die das Zimmer betreten hatten, waren die Zimmermädchen. Was gab es da noch zu überlegen? Die Frage war nur, welche von beiden den Ring gestohlen hatte. Und ob sie den Diebstahl zugeben würde.

Wahrscheinlich nicht. In dem Fall wäre nichts mehr zu machen. Es sei denn, sie würde in den nächsten Tagen in neuem Outfit und mit nagelneuem Handy auftauchen, weil sie den Ring versetzt hatte. Doch selbst dann würde es ihm schwerfallen, etwas zu beweisen.

Göhlich versuchte, sich innerlich von dem Ring zu verabschieden. Es ist ja nur ein Symbol, dachte er und versuchte zu verdrängen, wie seine Frau wohl auf den Verlust reagieren würde. Vielleicht muss sie es ja gar nicht mal merken, tröstete er sich. Er wusste ja, bei welchem Juwelier er die Ringe hatte anfertigen lassen. Den gab es sicher noch, und er wäre bestimmt in der Lage, eine Kopie herzustellen. Würde leider etwas kosten. Aber den Urlaub wollte er sich dadurch nicht verderben lassen.

Plötzlich klopfte es an sein Fenster. Der junge Mann aus der Rezeption.

„Mr. Sok he has come."

Göhlich, der sich nach dem Duschen nur mit einem Sarong bekleidet hatte, zog sich schnell an und wählte Schröders Handy-Nummer. Durch die Wand zwischen den beiden Zimmern hörte er den Klingelton. „Kommst du mit?"

Tatsächlich saß Sok wieder auf dem Drehstuhl in seinem Büro.

„Please …"

Seine Freundlichkeit war jetzt eine andere als die vom Morgen. Sie hatte an Überzeugungskraft verloren. Die Handbewegung, mit der er den beiden Gästen die kleinen Korbsessel anbot, in denen sie vor ein paar Stunden schon einmal gesessen hatten, war ein wenig müde. Sie sah aus wie eine Entschuldigung.

„How can I help you?"

Göhlich blieb vor Überraschung fast der Atem weg. Wusste Sok denn nicht mehr, um was es ging und was er noch am Morgen versprochen hatte? Er wies demonstrativ mit dem linken Zeigefinger auf den Ringfinger der rechten Hand. Sok begriff.

„Oh ja, der Ring!", sagte er, sprang auf und setzte zu einem ausführlichen Bericht an. Dass er viele Stunden mit einem chinesischen Paar im Royal Angkor International Hospital verbracht habe. Die Frau des chinesischen Politikers, der jedes Jahr mit ihr in dieses Hotel komme, habe plötzlich hohes Fieber gehabt. Malaria sei nicht auszuschließen gewesen. Oder Dengue Fieber. Und er als Hotelmanager sei selbstverständlich verpflichtet, den Gästen zu helfen. Also habe er sie ins Hospital gefahren. Er kenne der Oberarzt, und er wisse, was …

„Sie waren gar nicht am Flughafen?", unterbrach ihn Göhlich.

„Am Flughafen? Nein." Sok ließ sich nur vorübergehend stoppen in seinem Redefluss. Das Krankenhaus läge zwar an der Straße zum Airport, räumte er ein. Und er bedauere sehr, wenn der Junge an der Rezeption das missverstanden habe. Diese jungen Leute nähmen das Leben manchmal etwas naiv; sie hätten nicht viel Ahnung von der Wirklichkeit, aber er bemühe sich immer, ihnen auf die Sprünge zu helfen.

Das unpassende und, wie er fand, dämliche Lachen, das darauf folgte, amüsierte Göhlich überhaupt nicht. Sok blieb das nicht verborgen, und er schlug sofort einen anderen Ton an. Natürlich sei ihm klar, versuchte er sich zu rehabilitieren, was das für ein Verlust sei, den Mr.

Gohlich erlitten habe; die in seiner Aussprache fehlenden Pünktchen über dem ‚o‘ trugen nicht zur Beruhigung Göhlichs bei. Er werde aber alles dafür tun, dass der Ring bald wieder da sei.

„Er sollte heute abend schon wieder da sein, haben Sie gesagt."

Schröder stieß seinem Freund kaum merklich den Ellbogen in die Seite; er mochte den direkten, konfrontativen Ton nicht, mit dem sein Freund sprach.

„Haben Sie denn mit der jungen Frau gesprochen, die für heute auf dem Dienstplan steht?", fragte Göhlich und nahm sich spürbar zurück.

„Oh Chantrea", antwortete Sok. Ein plötzliches Glänzen überzog sein Gesicht. „Nein, das war leider nicht möglich. Sie musste zu ihrer Mutter, sie ist krank. Gutes Mädchen, Chantrea! Ich hoffe, dass sie morgen wieder hier ist."

Die beiden Freunde guckten sich vielsagend an. Sie konnten nicht glauben, was Sok ihnen auftischte. Doch bevor Göhlich reagieren konnte, machte auch Schröder den Vorschlag, den er wenige Stunden vorher noch als ‚falsch‘ bezeichnet hatte.

„Gut. Dann rufen wir jetzt die Polizei."

Das wirkte wie ein dicker Knüppel, den jemand in einen Ameisenhaufen gerammt hat. Von einer auf die andere Sekunde verwandelte Sok sich zu einem Irrwisch. Er sprang in seinem Büro herum, als stehe der Fußboden unter Strom.

„No, no, no!", rief er und stieß beide Arme mit nach vorn gerichteten Handflächen weit von sich, als wolle er etwas Grässliches abwehren, das ihn unmittelbar bedrohe. „Police no good. Never! Can not help! Make problem!" Er sprang einen Schritt nach vorn, griff mit beiden Händen nach der rechten Hand Göhlichs und hielt sie fest.

„Mr. Gohlich not know police Cambodia!"

Was folgte, war ein einziges Plädoyer gegen die örtliche Polizei. Ein Fluchen und Beschuldigen. Ein Schwall von Verachtung, in den sich Sok immer mehr hineinsteigerte. Erst nach einer geraumen Weile, in der die beiden Deutschen, verblüfft und befremdet, nicht eine einzige Silbe geäußert hatten, atmete Sok wieder etwas ruhiger und es gelang ihm zu argumentieren. Ob die beiden Gäste aus Deutschland nicht bemerkt hätten, dass alle in der Stadt die Polizei meiden, wenn es irgend möglich ist? Niemand wolle etwas mit ihr zu tun haben. Das seien Beamte, die nur die eigenen Taschen füllten. Sie säßen den ganzen Tag auf ihren Motorrädern im Schatten herum und warteten darauf, dass ihnen irgendein armes Schwein ins Netz ging, von dem sie dann ein ‚Bearbeitungsgeld' verlangen konnten. Ohne Quittung natürlich. Und niemand wagte es danach zu fragen.

Sok war ins Schwitzen geraten bei seiner Philippika. Er beschwor die Gäste aus Deutschland, keinen unverzeihlichen Fehler zu machen. So wie der Gast aus Südkorea vor wenigen Wochen, dem während des Frühstücks sein brandneues Smartphone gestohlen worden war, auch aus seinem Zimmer, und der erleben musste, dass die Polizei ihn stundenlang ausführlich befragte. Vier Polizisten hätten den ganzen Nachmittag im Hotel-Restaurant herumgesessen und sich fürstlich aus der Küche bedienen lassen. Dann seien sie wieder abgezogen. Der Koreaner habe nie wieder etwas von ihnen gehört, und sein Handy habe er auch nicht wieder gesehen.

Göhlich war hellhörig geworden. „Hier im Hotel ist ein Gast bestohlen worden? Heute morgen haben Sie doch gesagt, dass so etwas noch nie vorgekommen sei."

Ja, er bitte um Entschuldigung, daran habe er sich nicht sofort erinnert. Aber die wichtigere Frage sei jetzt, wie man ohne viel Aufsehen den Ring zurückerhalte. Er bitte die Gäste inständig, nur noch bis morgen früh Geduld zu haben. Nur noch diese eine Nacht. Morgen früh wolle er beide Zimmermädchen zu sich rufen und befragen. Wenn sie es wünschten, sollten die Gäste aus Deutschland gerne dabei sein.

4

Mittwochabend

Das Restaurant, in dem die beiden Freunde einen Tisch reserviert hatten, lag auf der anderen Seite des Flusses. Sie gingen zu Fuß dorthin. Es war immer noch sehr warm, aber längst dunkel, und die unzähligen bunten Lämpchen, die die Khmer so lieben, leuchteten aus allen Ecken und Winkeln. Sie hingen als Girlanden in Bäumen und Büschen und schmückten sogar Autos. Schröder deutete auf einen lebensgroßen Buddha, der mit gelb und orangefarben blinkenden Leuchten geschmückt war. „Stell dir mal Jesus am Kreuz vor mit einer Lichterkette!", sagte er.

Als sie an ihrem Tischchen in dem ausgedehnten Garten Platz genommen hatten, mussten sie die ungewohnte Umgebung erst einmal auf sich wirken lassen. Die Tische standen alle weit voneinander entfernt; winzige, in den Erdboden eingelassene Steinplatten markierten die Wege zwischen ihnen und auch zum Haupthaus. Und auch hier, in dieser fast parkähnlichen Anlage, steckten überall zierliche Leuchten im Grasboden. Sie sorgten dafür, dass man gerade ausreichend erkennen konnte, wohin man seine Schritte lenkte. Man hätte aber nicht behaupten können, dass das Gelände wirklich beleuchtet war. Die Gäste an den anderen Tischen konnte man nur undeutlich wahrnehmen. Genau das trug aber bei zu einer gewissen Intimität in der stillen, vornehmen Atmosphäre. „Piekfein!", nannte es Schröder und dachte bei diesem Wort an seine Heimatstadt Hamburg.

In gleichbleibenden Abständen spürte man einen angenehmen Windhauch, der kaum merklich anschwoll und dann wieder abnahm. Erst nach einigen Minuten wurde Göhlich die Regelmäßigkeit dieser kleinen Erfrischung bewusst. Er guckte sich suchend um und entdeckte, von Büschen umgeben, einen Ventilator, der völlig geräuschlos arbeitete. Als er die Quelle des sanften Luftstroms ausfindig gemacht hatte, konnte er ihn nicht mehr so recht genießen.

Ein junger Mann, lässig, modisch, hatte er wirklich seine Augen geschminkt? brachte ihnen die Speisekarte. Sie bestellten jeder einen Limetten-Gin-Cocktail mit Papaya, schlugen mit leicht erhöhtem Pulsschlag die Karte auf und stießen sofort auf das, was sie gesucht hatten. Es stand unter der Rubrik ‚For Meat Lovers‘.

„Sollen wir wirklich?", fragte Schröder.

„Deswegen sind wir doch hier", antwortete Göhlich. Er ahnte, dass Schröder sich eher nicht bestellen würde, was da schwarz auf weiß zu lesen war: „Stir Fried Red Tree Ants with Beef, Kaffir Lime and Chili" - Kurzgebratene Rote Baumameisen mit Rindfleisch, Kaffirblättern und Chili. Schröder hielt die Speisekarte etwas unentschlossen in Händen, blätterte lange darin hin und her und murmelte dann und wann etwas Unverständliches, bei dem es sich offenbar um andere Angebote auf der Karte handelte.

„Die Getränke!", sagte Göhlich.

Der junge Mann von eben trat wieder an ihren Tisch, setzte die Cocktails ab, tippte etwas in sein Ipad und guckte fragend die beiden Gäste an. Göhlich bestellte sich ohne zu zögern die Ameisen. Schröder blätterte noch ein wenig in der Speisekarte herum, kämpfte sichtbar, weil mit reichlich Skepsis im Gesicht, gegen seine Bedenken und verlor: er entschied sich nämlich für Gegrilltes Rinderfilet mit Kampot Pfeffer-Sauce und regionalem Gemüse. Der junge Mann wiederholte mit überraschend weicher Stimme die Bestellungen und entfernte sich wieder.

„Warst Du nicht auch überrascht, dass Sok sich dermaßen über die Polizei aufgeregt hat?", fragte Schröder, als die Bedienung gegangen war; es war ihm etwas peinlich, dass er sich nicht zu den Ameisen durchgerungen hatte, und er wollte das in der Luft liegende Thema nur zu gern wechseln. Göhlich schmunzelte. „Da siehst du rot, oder?" Doch er übertrieb es nicht. „Nein, ernsthaft, ich glaube, dass Sok Gründe hat für seine Phobie."

„Du meinst die Machtprotze, die wir gestern abend gesehen haben." Schröder spielte auf die beiden Polizisten an, die vor lauter Muskeln und Selbstüberschätzung kaum laufen konnten. Sie hatten sich mitten auf die Straße am Fluss gestellt und ohne erkennbaren Grund Fahrradfahrer angehalten, die erst weiterfahren durften, wenn sie den Polizisten eine ‚Anerkennung' zugesteckt hatten. „Hättest du Vertrauen zu denen?"

Göhlich schüttelte den Kopf. „Natürlich nicht."

„Und Sok selbst? Was hältst du von dem?"

„Schwer zu sagen. Eine Spur schmierig vielleicht."

„So seh ich das auch!" Schröder, froh darüber, dass die Ameisen kein Thema mehr waren, holte zu einem Kommentar über Sok aus. „Der steckt dich in den Sack mit seiner Freundlichkeit. Und wenn's sein muss, schmeißt er sich vor dir sogar in den Staub. Aber kaum bist du raus aus seinem Büro, hat er dich und alles, was du von ihm willst vergessen."

Göhlich sagte nichts.

„Sollte mich nicht wundern, wenn er selber Dreck am Stecken hat. Das kennt man doch."

Göhlich guckte ihn etwas genervt an, denn er wusste was kommen würde. Er hatte es schon ein dutzendmal gehört und noch nie verstanden. Wie kommt jemand, der gebildet ist, der selbst andere erzieht und ausbildet, der obendrein so viele Reisen in alle möglichen Länder der Welt gemacht hat, wie kommt so jemand dazu, solchen Blödsinn zu erzählen? Doch Schröder ließ sich nicht davon abhalten.

„Wir haben oft genug erlebt, wie das ist. Diese Leute haben sich nicht auf normalem Wege entwickelt. Versteh mich: das ist keine Schuldzuweisung! Aber die haben tausend Jahre lang ihre Felder bebaut, und plötzlich kommen Touristen und bezahlen für jede Kleinigkeit. Das ist wie ein Sprung aus der Steinzeit in die Zukunft. Von einem Tag auf den anderen liegt das Geld auf der Straße."

„Und was hat das mit Sok zu tun?"

„Göhlich, jetzt tu nicht so. Du hast doch erlebt, dass Sok dir das Blaue vom Himmel verspricht, aber nichts passiert. Was den interessiert, ist nicht dein Ring, sondern sein Geld und seine Ruhe. Kann ich sogar verstehen. Der weiß, dass du nächste Woche wieder abreist. Warum soll er sich die Beine ausreißen?" Schröder holte jetzt richtig aus. „Ich habe das schon so oft erlebt. Sobald du bezahlt hast, ist alles andere egal. Das ist in Myanmar dasselbe wie in Kenia oder in Brasilien. Die haben noch nicht begriffen, dass es so etwas wie eine Verpflichtung, wie Verträge gibt.

Dass man einander vertrauen muss, wenn man Geschäfte macht. Du kannst froh sein, wenn jemand sich daran erinnert, was er vor einer Stunde gesagt hat. Das hat nichts mit westlicher Überheblichkeit oder mit Vorurteilen zu tun, wie du immer denkst. Das ist einfach so. Das ist Tatsache. Ich kann mich sehr gut an das Gespräch mit einem deutschen Entwicklungshelfer in Tansania erinnern, der gesagt hat, wenn er das Dorf auf Vordermann gebracht hat und nach 6 Jahren wieder weggeht, dann tut keiner mehr, was er von ihm gelernt hat. Dann geht das ganze Dorf den Bach hinunter und nach spätestens einem ist Jahr alles wieder so wie vorher."

„Du hast mit einem Entwicklungshelfer in Tansania gesprochen?"

„Nicht ich allein, die ganze Reisegruppe. Der ist ins Hotel gekommen und hat uns einen Vortrag gehalten."

„Ihr wart also gar nicht in dem Dorf?"

War das der Augenblick, in dem Schröder merkte, dass er sich in seinen Urteilen verstiegen hatte? Göhlich hatte eine Theorie entwickelt, die erklärte, warum sich sein Freund, der doch sonst ganz vernünftig war, zu solchen dummerhaften Urteilen hinreißen ließ. Die Geschichte mit dem Entwicklungshelfer in Tansania stützte sie. Aber er hatte in diesem Augenblick keine Lust, seine Vermutung zu äußern und das Thema unnötig in die Länge zu ziehen.

„Schade, dass wir nicht zu Hause im schönen Deutschland sind!", sagte er nur ganz schlicht in einem Ton des Bedauerns, der die Ironie seiner Äußerung bis ins Groteske verstärkte. Schröder verstummte. Er hatte den Sarkasmus herausgehört. Was allerdings für ihn sprach, war, dass er nicht beleidigt war. Dieser eine kleine Satz seines Freundes hatte gereicht ihn nachdenklich werden zu lassen. Es gelang ihm zu lächeln, etwas säuerlich zwar, aber immerhin. Göhlich verstand das als Ausdruck seiner Verunsicherung. „Ich mag diesen Sok auch nicht besonders", lenkte er ein. „Aber warum sich die Leute hier so oder so verhalten, das können wir doch gar nicht beurteilen. Wir kennen sie genau so wenig wie sie uns."

„Ich glaub's nicht!", sagte Schröder. Aber es war keine Reaktion auf das, was Göhlich gesagt hatte. Es drückte vielmehr eine wirkliche Überraschung aus, ein plötzliches Erstaunen. „Wenn man vom Teufel spricht, kommt er. Oder ist er das nicht?" Er deutete hinüber zu einem der weiter entfernten Tischchen am Rand des Gartens, an dem gerade ein Mann Platz nahm. Er war nur schwer zu erkennen, weil er halb von einem Busch verborgen war. Angestrengt schauten die beiden Freunde hinüber, Argumente dafür und dagegen austauschend. Immer, wenn der Mann auf die Uhr schaute, und das tat er sehr häufig, konnte man einen kurzen Augenblick lang sein Gesicht sehen. Aber nach einer Weile waren sie sich einig: Es war Sok.

Schröder feixte: „Wahrscheinlich ist er deinem Ring auf den Fersen!"

In diesem Moment kamen die Ameisen und das Rinderfilet; Sok war vergessen. Schröder erhob sich halb von seinem Stuhl und beugte sich weit vor, um die Ameisen besser erkennen zu können. „Willst du mal probieren?", fragte Göhlich süffisant, erhielt aber keine Antwort.

Dann aßen sie. Schröder beobachtete seinen Freund ganz genau; er hätte zu gern gewusst, wonach die Roten

Ameisen schmeckten. Göhlich ahnte, was seinen Gegenüber beschäftigte, aber er äußerte sich mit keiner Silbe dazu. Allerdings aß er, so schien es, mit großem Genuss.

„Ich glaub's nicht!", sagte Schröder noch einmal und deutete erneut in Richtung des Tischchens, an dem Sok saß, „Guck dir das an!"

Es war eine Frau, die jetzt dort stand und auf ihn einsprach. Sie hatte sich nicht gesetzt, sondern nur das Tuch, das sie um die Schultern gelegt hatte, über eine Stuhllehne gehängt.

„Aber das ist doch Vanna!", meinte Göhlich. Die Freunde beobachteten, wie sich der Kellner näherte und Sok offensichtlich eine Bestellung aufgab; Vanna schüttelte nur mit dem Kopf. Dann nahm sie ihr Tuch und verschwand in dem Gang, der zu den Waschräumen führte.

Sie hatte sich kaum entfernt, als Sok sich hastig erhob und auf einen weiteren Gast zu eilte. Diesmal war es ein Mann. Einer, der es gewohnt zu sein schien, im Mittelpunkt zu stehen und seinen Auftritt zu inszenieren. Denn nachdem er seinen roten Mercedes Cabrio, das Verdeck geschlossen, vor dem Haupteingang abgestellt und die Fahrertür mit einem satten Plopp zugeworfen hatte, schritt er dynamisch, den Kopf hoch erhoben, auf Soks Tisch zu. „Der war mal Boxer", flüsterte Schröder, „oder Vorstandsvorsitzender."

An etlichen Tischen wurden die Gespräche leiser. Manche Gäste drehten sich nach ihm um, manche raunten sich etwas zu. Sok selber machte eine überaus tiefe Verbeugung, wies mit der Hand beinahe devot auf einen freien Stuhl und setzte sich erst, als der andere Platz genommen hatte. Man konnte erkennen, dass Sok ihm ehrerbietig die

Karte reichte, doch der andere machte mit der Hand ein Zeichen in Richtung Haus, und das genügte, um gleich zwei Bedienungen herbeizurufen. Auch sie näherten sich mit deutlich sichtbarem Respekt, nickten immer wieder bestätigend mit dem Kopf, während der neue Gast auf sie einsprach, und zogen sich nach tiefer Verbeugung, die ersten Schritte rückwärts gehend zurück.

Da gerade die Bedienung, der junge Mann mit den geschminkten Augen (sie waren wirklich geschminkt!) in der Nähe war, bestellte Göhlich sich eine Flasche Bier. „Ich glaube ja nicht daran, dass ich den Ring noch einmal wiedersehe", orakelte er.

„Ist das schlimm für dich?"

„Für mich nicht so sehr, aber für Katrin. Sie trägt ja das Gegenstück dazu, und sie mochte die Ringe von Anfang an sehr. Sie bedeuten ihr richtig viel. Und du kennst sie ja, sie ist viel romantischer als ich. Manchmal, wenn wir irgendwo sitzen, nimmt sie ihren Ring ab und ich muss dasselbe tun. Dann legt sie beide nebeneinander und fällt mir um den Hals!"

„Du hast es gut!", bemerkte Schröder. Er versuchte, sich in Ironie zu üben. Aber Göhlich hatte gar nicht hingehört. „Ich hätte auf sie hören und meinen zu Hause lassen sollen", sagte er. Seine Stimme war leicht belegt.

„Hinterher weiß man es immer besser."

„Und alles nur, weil ich zu dumm war, den Safe zu schließen."

Göhlich spürte wieder diese Unruhe, die ihn schon am Morgen gequält hatte.

„Vielleicht hast du ja Glück und bekommst ihn doch noch zurück", versuchte Schröder ihn auf angenehmere

Gedanken zu bringen. Göhlich sah ihn dankbar an. Er spürte, dass er es ernst meinte. So grob und klischeehaft sein Freund manchmal urteilte, so wenig nachvollziehbar seine Meinungen manchmal über das waren, was mit Menschen außerhalb der eigenen Gesellschaft zu tun hatte und was vor allem auf seine Fernreisen zurückging, bei denen er wohl nie auch nur ein einziges Stündchen auf eigene Faust unterwegs gewesen war, sondern immer nur als Bestandteil einer geschlossenen Reisegruppe, so einfühlsam konnte er manchmal auf Menschen reagieren, die ihm nahe standen. Göhlich hatte sich schon oft gefragt, wie man diese so unterschiedlichen Eigenschaften auf einen Nenner bringen konnte. Vielleicht hatte es damit zu tun, dass Schröder sich über seine Angst vor Unbekanntem selbst ärgerte. Er müsste unbedingt mal mit ihm darüber sprechen, dachte Göhlich, sobald es eine neue Gelegenheit dazu gäbe.

Schröder kaute auf seinem Rinderfilet. „Der Pfeffer ist gut!", lobte er. Aber man sah ihm an, dass er an etwas ganz anderes dachte. Und dann nahm er tatsächlich Anlauf.

„Wie schmecken eigentlich die Ameisen?", erkundigte er sich, als interessiere ihn das nur nebenbei. Doch die Grimassen, die auf seinem Gesicht herum turnten, verrieten ihn.

„Du kannst gerne probieren", sagte Göhlich noch einmal und schob seinen Teller ein Stück über den Tisch, stieß aber auf heftige Ablehnung. „Sie sind überraschend weich, finde ich." Er zerdrückte etwas zwischen Zunge und Gaumen und suchte nach dem richtigen Wort. „Ein bisschen zäh. Ölig. Salzig. Was ist?" Er hatte bemerkt, dass Schröder plötzlich abgelenkt war.

„Vanna wollte gerade an Soks Tisch zurück", flüsterte er. „Aber als sie gesehen hat, dass da noch jemand sitzt, hat sie auf dem Absatz kehrtgemacht und ist wieder ins Haus gegangen."

„Und jetzt?"

„Weiß ich auch nicht."

„Komisch."

Göhlich tastete mit den Fingern der linken Hand versonnen nach seinem Ehering an der rechten, um ihn, wie er es immer tat, wenn er nachdenklich war, ein bisschen hin- und her zu drehen. Er musste aber feststellen, dass da keiner mehr war. „Die Macht der Gewohnheit", lachte er. „Kenn ich", entgegnete Schröder. „Wenn meine Mutter den Tisch deckt, will sie das Besteck immer noch aus der linken Küchenschublade holen, obwohl sie es vor 2 oder 3 Jahren in die rechte umgeräumt hat."

„Und du? Geht es dir selber auch manchmal so?"

„Eigentlich nicht. Meine liebe Maya sagt immer, sie warte auf den Tag, an dem mir mal so etwas passiert. Ich sei so schrecklich kontrolliert!" Mit einem Ruck richtete Schröder sich auf und schaute wieder hinüber zu dem Tisch, an dem Sok mit dem anderen Mann saß. „Der geht schon wieder."

Göhlich wandte sich um. Der Mann hatte sich bereits erhoben. Sok ebenfalls. Er stand bewegungslos vor dem anderen, der kurz auf ihn einredete, sich dann umdrehte und entfernte. Kaum war er außer Sichtweite, tauchte Vanna auf und setzte sich an Soks Tisch.

Schröder und Göhlich schauten sich verwundert an und schüttelten die Köpfe.

„Was ich gerne wüsste", nahm Schröder nach einer

Weile das Gespräch wieder auf, „ist ja …" Er zögerte kurz und setzte noch einmal neu an. „Wirke ich auf dich auch so kontrolliert, wie Maya immer sagt?"

„Ja und nein."

„Versteh ich nicht."

„Also: kontrolliert wirkst du auf mich, wenn du ernsthaft über etwas nachdenkst, das du kennst. Das kannst du. Da fühlst du dich sicher. Aber das tust du ja nicht immer."

Göhlich sah plötzlich doch noch die Chance, mit seinem Freund über das ins Gespräch zu kommen, worüber er schon so oft nachgedacht hatte.

„Eben zum Beispiel, da hast du versucht mich zu beruhigen, was den Ring angeht. So etwas kannst du. Da spürt man, dass du an jemanden denkst, also in diesem Fall an mich. Aber dann gibt es wieder so Momente, in denen du einfach daher plapperst und Menschen und ihr Verhalten beurteilst, als wären sie alle Dummköpfe und als hättest du die Weisheit mit Löffeln gefressen … Entschuldigung, mein ich nicht so hart. Aber du kennst die Menschen doch gar nicht." Er hielt einen Moment inne. „Du bist erst seit wenigen Tagen in diesem Land und vermutest ohne irgendeinen Grund, einfach so, dass Sok wahrscheinlich Dreck am Stecken hat. Oder dass er uns aus seinem Büro schmeißen könnte. Und daran aufgehängt gibst du wieder deine fragwürdigen Theorien zum Besten. Da kann ich dir beim besten Willen nicht folgen."

Schröder hörte sich das in aller Ruhe an. Das tat er immer, wenn Göhlich ihm ins Gewissen redete. Und das geschah in regelmäßigen Abständen. Doch ganz unvermittelt nahm wieder etwas anderes seine Aufmerksamkeit in Anspruch. Abrupt unterbrach er Göhlich erneut. „Sie gehen!"

An dem Tisch ganz am Rand des Gartens hatte Vanna sich erhoben, hatte sich ihr Tuch um die Schulter gelegt und blieb abwartend stehen. Sok schien Geld abzuzählen und auf den Tisch zu legen.

„Das gibt's doch nicht!"

„Was?"

„Dreh dich mal vorsichtig um!"

Göhlich tat, wozu er aufgefordert war. Rechtzeitig genug um beobachten zu können, dass Vanna das Geld vom Tisch aufnahm, dass auch Sok sich vom Tisch erhob und und dann beide gemeinsam auf den Ausgang zur Straße zugingen. Der eine ein bisschen kleiner als die andere.

5

Mittwoch, später Abend

Von der Straße her gesehen erweckte es den Eindruck einer verwunschenen Idylle, das Dörfchen Phoum Pradak. Die Dunkelheit hatte es mit einem gnädigen Anstrich versehen; die extreme Armut, die im Tageslicht so krass zu erkennen war, hatte ihre scharfen Konturen eingebüßt. Mal hier, mal da zuckten kleine Flämmchen in dem Wäldchen auf, wo zusammengekehrtes Laub und Abfall verbrannt wurden. Es roch nach Rauch.

Die täuschende Idylle hatte sich auch um die Hütte von Chantreas Familie gelegt. An einem Baum neben dem schmalen Eingang hing eine Öllampe, die einen matten Lichtschein von sich gab, und darunter, auf einem Plastikhocker inmitten von Palmfasern, saß die Großmutter und flocht Untersetzer in verschiedenen Formen und Größen. Sie arbeitete bedächtig und machte alle paar Minuten eine Pause.

In unregelmäßigen Abständen, immer, wenn genügend davon fertig waren, gab Chantrea die Untersetzer auf ihrem Weg zum Hotel in einem größeren Geschäft ab, das spezialisiert war auf Produkte aus Korb. Dieser Laden lag verkaufsgünstig an der Kreuzung in Preah Dak, die Tag für Tag von vielen Touristen befahren wurde. Die meisten waren unterwegs zu dem berühmten Tempel von Banteay Srei oder noch weiter nach Kbal Spean, dem Fluss der tausend Lingas. Und wenn sie abends zurückkamen von ihrem Ausflug, hielten ihre Tuktukfahrer meist an diesem Laden an. Sie bekamen eine kleine Provision, wenn sie kauflustige Kunden in den Laden lockten, und sie wussten, wie gern ihre Kunden billige und zugleich hübsche Souvenirs einkauften. Viele stürzten sich auf die Körbe, Matten, Schüsseln und andere Erzeugnisse, darunter sogar Fischreusen, die außerordentlich dekorativ aussahen, mit denen sie aber zu Hause garantiert nichts anfangen konnten; vermutlich verstaubten sie auf dem Schrank oder dem Dachboden. Auch die Untersetzer von Chantreas Großmutter gingen gut. Die Familie bekam zwar nur 50 Prozent vom Verkaufspreis, hatte aber keine Wahl. Eine andere Möglichkeit, als sie in Preah Dak anzubieten, hatte sie nicht.

Irgendwo in der Dunkelheit spielten die Zwillinge Fußball. Das fehlende Tageslicht machte ihnen nichts aus; sie waren mit jedem Zentimeter des Geländes vertraut. Hier waren sie geboren und hatten laufen gelernt, kannten jeden Quadratzentimeter Boden und jede Wurzel. Doch weiter als einen oder zwei Kilometer hatten sie sich noch nie von ihrer Hütte entfernt. Das Hotel in Siem Reap, in dem ihre große Schwester arbeitete und von dem sie manchmal erzählte, war für sie unvorstellbar, ein schillerndes Phantasieprodukt. Was sie von der Welt kannten, beschränkte sich auf die unmittelbare Nachbarschaft und die Straße, die in einiger Entfernung vorbeiführte. Wo und wie sie das Fußballspielen kennengelernt hatten, hätte niemand sagen können. Irgendwo müssen sie es aber gesehen haben, vermutlich in einem der batteriegetriebenen Fernsehgeräte, die in einigen der Hütten standen;

sie selbst hatten keines. Tagsüber waren sie sich selbst überlassen und stromerten in der Umgebung herum. Wenn sie Hunger hatten, suchten sie im ‚Haus‘ nach etwas Essbarem, fanden meist aber nichts. Erst abends, wenn Chantrea von ihrer Arbeit nach Hause kam, gab es etwas. Die Schwester war die einzige Person, der sie mit Respekt begegneten. Sie spürten, dass die eigentliche Verantwortung für die Familie bei ihr lag. Dass das bisschen Wohl der Familie von ihr abhing. Und wenn sie etwas sagte, dann hörten sie auf sie. Auch der Mutter, der Großmutter und Chantrea selbst war klar, dass sie das Zentrum der Familie war.

Erst als es etwas kühler geworden war, wachte die Mutter auf. „Sie hat den ganzen Tag geschlafen“, flüsterte die Großmutter ihrer Enkelin zu, „seit du zur Arbeit gefahren bist.“ Die Kranke klagte über Kälte, obwohl sie fieberte. Chantrea vertröstete sie auf die Gemüsesuppe, die die Großmutter zubereiten würde. Nein, Fleisch gab es nicht; woher sollte das kommen?

Chantrea saß neben dem Bambuspodest, auf dem ihre Mutter lag, und hielt ihre Hand. Mit den Gedanken war sie ganz woanders. Es fiel ihr schwer, diesen so unwirklichen Tag zu verarbeiten. Und sie dachte immer wieder mit Schrecken an den Moment, als sie mit ihrem Moped nach links von der Straße abbiegen und durch das Wäldchen zum ‚Haus‘ fahren wollte. Im selben Augenblick war ihr ein leuchtend rotes Auto entgegengekommen. Es hatte sich so rasend schnell auf sie zu bewegt, dass sie einen Augenblick lang wie gelähmt war, zu keiner Reaktion fähig. Und es verringerte seine Geschwindigkeit nicht eine Sekunde lang, sondern brauste mit hoher Geschwindigkeit an ihr vorüber. Sie hatte große Mühe, gegen den Luftwirbel anzusteuern und die Gewalt über ihr Moped nicht zu verlieren.

Als die Suppe fertig war, tauchten die Zwillinge wieder auf. Niemand hatte sie gerufen. Sie liefen, laut juchzend und den halb zerfetzten Ball vor sich her schießend, nebeneinander auf das ‚Haus' zu. Als sie nur noch wenige Meter entfernt waren, traf das Stoffbündel auf das marode Fliegengitter, mit dem die kleine Fensteröffnung neben dem Eingang nur noch notdürftig überspannt war.

„Munny! Pich!"

Die Großmutter erschien sofort im Eingang, und die beiden Jungen blieben mit gesenkten Köpfen vor ihr stehen. Das war jedoch nicht der Autorität der Großmutter zu verdanken, von deren Ermahnungen und Schimpfkanonaden sie sich normalerweise nicht beeindrucken ließen, sondern Chantrea, die aufgesprungen war und, ohne ein Wort zu sagen, das nun endgültig zerfetzte Gitter überprüfte. Den Zwillingen war bewusst, was sie angerichtet hatten; die Schwester musste es ihnen nicht erklären. Sie ging ins ‚Haus' und suchte nach etwas, mit dem sie das Fliegengitter ersetzen konnte. Ihr war klar, dass es auch vorher nur noch die wenigsten Mücken zurückgehalten hatte; außerdem gab es viel zu viele Ritzen und Spalten in der Hüttenwand, die allen Arten von fliegenden und kriechenden Insekten genug Zugang boten. Aber das Gitter, so marode es war, hatte in dieser Umgebung so etwas wie einen winzigen Luxus bedeutet. Und es war Ausdruck dafür, dass den Bewohnern des ‚Hauses' noch nicht alles egal war und dass sie sich bemühten, ihre Umgebung zu gestalten.

Sie fand ein durchlöchertes T-Shirt. Mit Hilfe der Großmutter deckte sie das Fensterloch damit ab, in dem sie das
Tuch an allen Seiten in die Ritzen zwischen den Ästen
klemmte, die die Hauswand bildeten. Dann aßen sie die
Suppe. Niemand sprach.

Nach dem Essen huschten die Zwillinge ohne besondere Aufforderung ins ‚Haus‘ und waren bald einge-
schlafen. Chantrea und ihre Großmutter halfen auch der
Mutter zu ihrer Schlafstelle. Sie wuschen ihr mit einem
nassen Lappen das Gesicht ab, legten ihr ein trockenes
Tuch um den verschwitzten Körper und versorgten sie
mit frischem Trinkwasser. Dann ließen sie sich auf dem
Bambuspodest vor dem ‚Haus‘ nieder. Die Großmutter
löschte die Lampe. Sie wollte Öl sparen. Sie war erschöpft
und konnte an diesem Tag nicht mehr arbeiten. Schlafen
wollte sie aber noch nicht. Sie sehnte sich nach etwas ohne
zu wissen, was es war.

Beide schwiegen. Es war stockdunkel, aber immer noch
sehr warm. Die Straße lag ausgestorben. Aus den Hütten
der Nachbarschaft war nichts zu hören. Kein Hundege-
bell, keine Babygeschrei, nichts. Die Laubfeuer waren
heruntergebrannt.

„Warum bist du heute Mittag gekommen?“, fragte die
Großmutter leise, „du hättest im Hotel bleiben sollen. Du
weißt doch, dass ich immer hier bin und mich um deine
Mutter kümmern kann.“ Und ohne auf eine Antwort zu
warten, sprach sie offen aus, was sie befürchtete: „Es war
lieb von dir. Aber es ist teuer. Du bekommst kein Geld für
den Tag.“

In der Dunkelheit konnte Chantrea kaum die Gesichts-
züge ihrer Großmutter erkennen, die, ein oder zwei

Armlängen entfernt, neben ihr saß und ihre Hände im Schoß gefaltet hatte. Sie roch die Zwiebeln und den Knoblauch, die die Großmutter in die Suppe geschnitten hatte, aber ihr Gesicht konnte Chantrea nicht sehen.

„Wann bekommst du wieder Geld aus Preah Dak?"

Chantrea wusste, dass die Großmutter sich zu recht Sorgen machte. Sie tat ihr leid. Aber was sie im Hotel verdiente, das war gerade ausreichend, um Gemüse und Reis einzukaufen und ab und zu, sehr selten, ein keines Stückchen Fleisch oder einen Fisch. Was sie als Erlös für die Untersetzer bekamen, das brauchten sie für Lampenöl und andere Dinge, die unbedingt notwendig waren. Übrig blieb nie etwas. Wie lange sie dieses Leben führen müssten, wusste sie nicht. Bald würden auch noch weitere Kosten auf sie zukommen. Wenn die Zwillinge in die Schule kämen, brauchten sie Papier und Stifte und Bücher. Und ab und zu auch einen oder zwei Dollar für den Lehrer. Und wie lange die Großmutter noch arbeiten könnte, wusste sie ebenso wenig.

Das rote Auto kam ihr in den Sinn. Sie glaubte sich daran zu erinnern, dass es früher schon einmal vor dem Hotel geparkt hatte. Woher hat ein Mensch nur so viel Geld, um sich so ein Auto kaufen zu können? Wahrscheinlich gehörte es einem Khmer, dachte Chantrea. Die Touristen kamen mit dem Flugzeug und fuhren mit dem Bus oder mit Tuktuks, die fuhren nicht mit dem eigenen Auto. Sie durften ja auch gar nicht selber fahren in Kambodscha. Und das junge Pärchen aus Frankreich, das eine ganze Woche im Hotel gewesen war: allein ihr Zimmer kostete 50$ pro Nacht. Dafür musste sie eine ganze Woche arbeiten. Und wenn sie am Pool lagen, dann bestellten sie sich immer Cocktails und alles Mögliche zu essen zwischendurch. Und abends, wenn es dämmerte, zogen sie sich immer um und gingen in die Stadt. Dort besuchten sie sicher ein Restaurant oder gingen in eine Disco oder beides.

Die Großmutter atmete tief und gleichmäßig. Schlief sie im Sitzen?

Oder das ältere Paar aus Holland, das, wie sie gehört hatte, jedes Jahr für drei Wochen kommt. Und die beiden alten Damen, die sich jeden Morgen ein Tuktuk für den ganzen Tag mieteten und zu den Tempeln fuhren. Woher haben sie alle das Geld? Die Holländer, hatte sie gehört, hatten irgendetwas mit einer privaten Schule zu tun, für die sie Geld geben. Eine Schule für Kinder von ‚armen Leuten'. Sie musste schlucken. Dazu gehörten sie ja auch selbst. Ob ihre Brüder auch in diese Schule gehen könnten? Aber wie sollten sie die Fahrt dorthin bezahlen? Oder die Fahrräder?

Oder der Brunnen bei den Nachbarn. Wie hatten die es geschafft, so einen Brunnen zu bekommen? Und wieso gab eine amerikanische Firma so viel Geld dafür? Sie verstand das alles nicht.

„Großmutter!"

Die Großmutter war im Schlaf auf die Seite gesunken und gegen Chantrea gerutscht. Die half ihr auf und stützte sie auf den paar Metern zu ihrer Schlafmatte. Sie selbst ging noch einmal nach draußen, setzte sich wieder vor das ‚Haus' und dachte daran, was sie alles machen könnte, wenn sie nicht die Verantwortung für die Familie hätte. Aber sie würde sie doch niemals sich selbst überlassen, oder? Bei dem Gedanken fühlte sie sich elend. Sie wollte sich nicht vorstellen, was das für die anderen bedeuten würde. Aber sie wollte genauso wenig daran denken, dieses Leben immer genau so wie jetzt weiterzuführen.

Sie griff nach ihrer Bangkok Airways-Tasche und schlich sich ins ,Haus'. Die Großmutter und die Brüder schliefen. Die Mutter, mit der Chantrea sich eine Schlafmatte teilte, suchte im Halbschlaf ihre Hand und murmelte irgendetwas, das Chantrea nicht verstand.

6

Donnerstagmorgen

Göhlich hatte sich schnell daran gewöhnt, dass er nach dem Aufwachen nicht mehr aus dem Fenster gucken und nach dem Wetter sehen musste. Grauer Himmel? In Kambodscha, hatte er gelernt, konnte man sich 100prozentig darauf verlassen, dass die Sonne scheint. Und wie! Jedenfalls im März. Trotzdem empfand er auch heute eine ungewöhnlich starke Freude darüber. Eine Art Schwebegefühl. Wie vor vielen Jahren als Schüler, wenn er beim Frühstück den Wetterbericht hörte und Temperaturen über 30 Grad vorhergesagt wurden. Damals bedeutete das: hitzefrei spätestens nach der vierten Stunde. Und die Aussicht auf einen langen Nachmittag im Schwimmbad.

Schröder schlief noch. Göhlich stand bereits frisch rasiert und geduscht auf der kleinen Terrasse vor der Nummer 31 und genoss den Morgen. Noch war hier Schatten; die Sonne würde erst in einer Stunde über das Dach hinter ihm hervorkommen. Auch den Pool hatte die Sonne noch nicht ganz erreicht. Göhlich beobachtete, wie ein junger Angestellter des Hotels vorsichtig, den Blick angespannt nach unten gerichtet, am Rand des Schwimmbeckens entlang balancierte. Er hielt eine lange Stange mit einer Art Schmetterlingsnetz in Händen und fischte damit die wenigen Blätter und Blüten aus dem Wasser, die über

Nacht dort hinein geweht waren. Auch unter den Liegen und Stühlen hatte er schon wieder Ordnung hergestellt. Sie standen nicht mehr wie noch am Vorabend einzeln oder in Grüppchen irgendwo in der Gegend herum, sondern in Reih und Glied und in exakt gleichen Abständen, zwischen zwei Liegen immer ein flacher Tisch. Akkurat wie in Deutschland, dachte Göhlich, war sich aber nicht im Klaren darüber, wie er das bewerten sollte. Einerseits belächelte er diese Art der Ordnungsliebe, andererseits freute sie ihn. Sogar die frischen, orangefarbenen Handtücher für die Gäste lagen ordentlich und auf Kante in einem Regal.

Sollte er schon mit dem Frühstück beginnen? Er guckte auf die Uhr: halb acht. Warum nicht? Oder sollte er lieber zuerst zu Sok gehen und sich nach dessen Nachforschungen erkundigen? Zuerst zu Sok, würde seine Frau sagen. Sie drängte ihn immer, alles sofort zu erledigen. Aber glücklicherweise lag sie jetzt wohl im Bett und schlief; in Deutschland war es gerade nach Mitternacht. Und glücklicherweise hatte sie keine Ahnung davon, dass sein Ring verschwunden war. Er sah sie vor sich, eingeigelt in der warmen Winterbettwäsche, während der Regen schon seit Stunden am Fenster herunterlief. Gut so, dachte Göhlich, gut, dass sie nichts weiß. Und er träumte im Stehen ein halbes Minütchen von dem Glück, diese Frau geheiratet zu haben. Eigentlich müsste er schon deshalb sofort zu Sok gehen. Nein, entschied er, lieber nach dem Frühstück, wenn Schröder dabei ist. Die halbe Stunde konnte er auch noch warten. Für Katrin in ihrem warmen Bett im nasskalten Düsseldorf würde das keinen Unterschied machen.

Er holte sein Handy aus dem Zimmer und zog die Tür hinter sich zu. Als er sich umdrehte um zum Frühstücksraum zu gehen, stand vollkommen unerwartet das Zimmermädchen vor ihm, das gestern so leise und intensiv telefoniert hatte. Chantrea. Sie machte stumm einen Wai, zeigte auf seine Tür, dann auf den Putzeimer, den sie in der Hand hielt, und blickte ihn fragend an. „Okay", sagte Göhlich. Er hätte ihr gerne etwas Freundliches gesagt, doch es fiel ihm so schnell nichts ein. Ihr Blick wich seinem aus. Trotzdem hatte er das Gefühl, dass dieser Blick auf eigenartige Art sehr direkt war. Keineswegs unangenehm. Scheu, aber zugleich anziehend. Und alles andere als kalt. Wie alt mochte sie sein? Schwer zu sagen. Auf jeden Fall noch jung. Er sollte ihr mal ein Trinkgeld geben, dachte er. Viel verdienen kann man hier nicht in so einem Job. Ein normaler Lehrer, hatte er gelesen, verdient 200 Dollar, wenn er Glück hat. „Okay", sagte Göhlich schnell noch einmal und trat einen Schritt zur Seite. Dann besann er sich aber, zog seinen Schlüssel aus der Tasche und schloss ihr die Tür auf. „Thank you", flüsterte Chantrea. Und noch einmal streifte ihn dieser eigentümlich verlockende Blick, ohne dass sie ihn wirklich angeschaut hatte. Er sah hinter ihr her, als sie das Zimmer betrat und freute sich an ihrer originellen Springbrunnenfrisur, die gar nicht asiatisch, sondern eher afrikanisch aussah. Und aus irgendeinem Grund tat sie ihm plötzlich leid. Vielleicht war es ihre stille, zaghafte Art, die ihn bewegte. Er nahm sich fest vor, ihr bei nächster Gelegenheit ein Trinkgeld zu geben.

Gerade hatte er sein Omelette mit Zwiebeln, Tomaten und Käse zu essen begonnen, als Schröder erschien.

„So früh, mein Freund?", strahlte Göhlich ihn schelmisch an.

Schröder musterte ihn ein, zwei Sekunden, so, als stimme etwas nicht. „Dir sind wohl die Ameisen nicht bekommen!" Er konnte auf eine knochentrockene Art schlagfertig sein. Ohne ein weiteres Wort holte er sich zwei Spiegeleier und versuchte, im Nachhinein zwei Toastscheiben darunter zu schieben. Das war nicht ganz einfach. Ein Eigelb lief aus und tropfte über den Tellerrand. Göhlich grinste. „Niemand hat gesagt, dass das Leben einfach ist!"

„Und dein Ring? Warst du schon bei Sok?"

„Noch nicht. Ich brauche deinen Beistand!"

„Das muss ich mir noch überlegen!"

Schröder hantierte weiterhin konzentriert mit Messer und Gabel herum. Die etwas zu weich geratenen, glitschigen Eier zeigten sich widerspenstig.

„Aber was willst du machen, wenn das Ganze ausgeht wie das Hornberger Schießen?"

„Dann holen wir die Polizei. Nochmal lass ich mich nicht vertrösten, selbst wenn Sok vielleicht recht hat, was die Leistungsfähigkeit der kambodschanischen Bullen anbelangt."

Schröder hörte gar nicht zu. Die Eier nahmen seine ganze Aufmerksamkeit in Anspruch. „Irgendjemand hat mal gesagt, dass das Leben nicht einfach ist", murmelte er selbstkritisch vor sich hin. Als ihm schließlich ein großes Stück von dem Geglibber über den Tellerrand und auch noch über die Tischkante auf seine frische Hose rutschte, gab er den Kampf auf und schob seinen Teller zur Seite. „Willst du jetzt meinen Beistand?"

Sok saß in seinem Büro und löffelte eine Nudelsuppe.

Wie die meisten Asiaten beugte er den Kopf tief hinunter über die Suppenschale, beförderte mit den Stäbchen jeweils einen Schwung Nudeln in den Mund und sog den Rest dann genüsslich hinterher, wobei ein Teil der Brühe in die Schale zurück tropfte. „Meine Oma hätte mich hochkant rausgeschmissen, wenn ich so gegessen hätte", kommentierte Schröder das kopfschüttelnd. Er wusste ja, dass Sok ihn nicht verstehen konnte.

Der Manager machte nicht den Eindruck, als hätte er noch an seine Gäste aus Germany gedacht. Vor allem daran, dass er mit ihnen und den beiden Zimmermädchen das mysteriöse Verschwinden des Rings klären wollte. Er schien überrascht. „No problem!", beteuerte er dann aber rasch, griff zum Handy, drückte auf eine Taste, wartete einen Moment und sprach einen kurzen Satz hinein, von dem Göhlich und Schröder nur eines verstanden: er duldete keinen Widerspruch.

„Have a seat, please. Coffee?"

Die beiden hatten den Kaffee kaum abgelehnt, als es leise an die Tür klopfte. Sok stieß einen kurzen, bellenden Laut aus, rückte mit seinem Stuhl etwas zurück und schlug die Beine übereinander. Im selben Augenblick bewegte sich die Klinke langsam nach unten und die Tür öffnete sich im Zeitlupentempo. Chantrea trat ein, blieb aber in der geöffneten Tür stehen. Sok bellte noch einmal. Chantrea schrak zusammen und schloss sie hastig, blieb aber weiterhin reglos stehen. Sie hatte große Angst vor dem, was kommen würde, das war nicht zu übersehen. Göhlich war es äußerst unangenehm, Zeuge dieser Konfrontation zu werden.

Sok derweil hatte es nicht lange auf seinem Stuhl

gehalten. Als die Tür geschlossen war, sprang er wieder auf. Und ohne sich darüber im Klaren zu sein, in welch ungünstige Position er sich damit begeben würde, trat er vor seinen Schreibtisch und baute sich vor Chantrea auf. Er versuchte es jedenfalls. Aber sofort fiel ins Auge, dass das Zimmermädchen fast einen Kopf größer war als sein Chef. Auch ohne Haarschmuck. Göhlich hatte Mühe, sich ein Grinsen zu verkneifen; er musste an Rieder denken, den Karikaturisten seiner Zeitung, und was der aus so einem Bild gemacht hätte.

Der Manager, dem der Größenunterschied auch bewusst geworden war, wich sofort einen Schritt zurück und überschüttete das Mädchen mit einem unerträglichen Wortschwall. Sie hielt ihr Gesicht tief gesenkt; trotzdem war nicht zu übersehen, dass sie bald zu weinen anfangen würde. Zuerst in der linken, dann in der rechten Tasche suchte sie etwas in ihrem Arbeitskittel. Vergeblich. Und Sok brüllte immer lauter. Da brach es aus ihr heraus. Sie schrie zurück und schluchzte danach laut auf. Doch Sok interessierte das nicht, er polterte weiter, und wenn er sich tatsächlich mal selber unterbrach und auf ihre Reaktion wartete, antwortete sie jeweils nur kurz und kaum hörbar. Vermutlich nur mit ja oder nein, dachte Göhlich. Das Ganze dauerte zwei oder drei Minuten, in denen Sok ein Gesicht machte, als habe er es mit einer unbelehrbaren, zutiefst verachtenswerten Kriminellen zu tun, die abzustrafen er verpflichtet sei. Dann wandte er sich plötzlich an Göhlich.

„Mr. Gohlich", begann er und lächelte ihn verbindlich an, „I am so sorry!" Und dann übersetzte er, wie er es nannte. Chantrea habe ihm mitgeteilt, dass sie gestern schon fast fertig gewesen sei mit der Reinigung des Zimmers, als ihre Mutter angerufen habe. Sie habe daraufhin ihren kompletten Tagesdienst mit Vanna getauscht, weil ihre Mutter krank sei und ihre Hilfe brauchte. Und dass Vanna die Reinigung von Zimmer 31 abgeschlossen habe, als Chantrea schon längst unterwegs nach Hause gewesen sei. Aber Vanna, habe sie selbst gesagt, sei eine sehr gute Kollegin, und die habe den Ring auf gar keinen Fall genommen.

Nicht eine Sekunde wartete er auf eine Reaktion der beiden Gäste. Fast ohne Luft zu holen richtete er sich sofort wieder an Chantrea und überfiel sie ein weiteres Mal mit einer Wortkanonade. Chantrea hielt sich die Hände vors Gesicht und weinte jetzt ungehemmt. Göhlich und Schröder wussten kaum noch, wohin sie schauen sollten; es war ihnen immer peinlicher, diesen Auftritt mit ansehen zu müssen. Zwar verstanden sie kein einziges Wort, aber der Ton sprach Bände. Sok schien völlig vergessen zu haben, dass er nicht mit seiner Angestellten allein war. Irgendwann versuchte Göhlich, beschwichtigend einzugreifen, aber Sok ließ sich nicht beirren. Bis er unerwartet eine längere Pause machte, Luft holte und ein einziges Wort bellte. Chantrea drehte sich sofort um und verließ überstürzt das Büro.

„Sorry, Mr. Gohlich."

Sok schien von einer auf die andere Sekunde unbemerkt Kreide gefressen zu haben, auf einmal sprach er sanft wie ein Lamm. „Chantrea hat mir versichert, dass sie den Ring nicht genommen hat." Wie bitte? Göhlich und Schröder blickten sich an, weil sie das nicht glauben konnten. War sie denn überhaupt zu Wort gekommen?

„Sie war leider gezwungen, ihrer Mutter beizustehen. Das arme Mädchen. Sie tut mir leid. Sie hat noch nicht viel Erfahrung. Ich habe ihr den Job auch nur gegeben, weil sie das Geld unbedingt braucht. Wenn ich könnte, würde ich sie besser bezahlen." Sok lächelte die beiden Deutschen etwas säuerlich an. „Aber es geht natürlich nicht, dass die Mädchen einfach ihre Dienste tauschen, ohne dass ich zustimme. Oder zumindest davon erfahre."

„Das kann ich verstehen", meinte Göhlich, konnte sich aber nicht zurückhalten, in aller Freundlichkeit ein kritisches Wort über Soks Auftritt zu verlieren. „Vielleicht wäre es auch möglich gewesen, das Mädchen nicht so einzuschüchtern."

Sok ging darauf nicht ein. Jedenfalls nicht unmittelbar.

„Ich tue alles, um die Sache aufzuklären. Aber wie ich schon sagte: ich gehe davon aus, dass niemand von meinen Leuten den Ring genommen hat." Er zog sein Handy aus der Tasche, tippte etwas ein, hielt es ans Ohr und wartete.

„Und du erzählst mir immer, wir könnten nicht wissen, wie die Leute hier denken", flüsterte Schröder. Sok nickte ihm freundlich zu, als habe er verstanden, was Schröder gesagt hatte. „Wir sollten jetzt endlich die Polizei rufen."

„Moment noch", Göhlich winkte ab, „irgendwas hat er vor."

Sok hatte nur kurz ein paar Worte in sein Handy gesprochen und es wieder in die Tasche gesteckt.

„One minute, please!"

Es dauerte nicht mal eine Minute, bis man hörte wie sich jemand näherte, seine Schuhe abstreifte und vor der Tür abstellte. Dann betrat Vanna das Büro. Schon im ersten Moment war klar, dass Sok es mit ihr nicht so leicht haben würde wie mit Chantrea. Vanna wandte sich den drei Männern einzeln zu und begrüßte jeden mit einem Wai, zuletzt Sok, jedoch keinesfalls unterwürfig oder gar verängstigt. Göhlich kam es so vor, als habe sie ihren Chef sogar leicht verächtlich, eine Spur von oben herab angelächelt.

Sok rückte seinen Bürostuhl in ihre Nähe und forderte sie zum Sitzen auf; er selbst schob ein paar Sachen auf dem Schreibtisch zusammen und setzte sich mit einer Pobacke auf die Kante. Dann begann er sie zu auszufragen.

Göhlich und Schröder warteten geduldig. Während er zuhörte, musste Göhlich an die vielen Kringel und Kreise der geschriebenen Khmer-Sprache denken, die man im Gespräch natürlich nicht heraushören konnte. Sok sprach jetzt ruhig, beinahe gelassen. Und Vanna antwortete bedacht, aber entschlossen. Machte einen sehr selbstsicheren Eindruck. So ging es eine Weile hin und her, ohne Gebrüll, ohne Weinen. Bis Sok das Gespräch mit Vanna beendete und sich an Göhlich wandte.

„Mr. Gohlich", er hatte immer noch Kreide in der Kehle, „ich habe Vanna gefragt. Sie hat Ihr Zimmer zu Ende geputzt, aber sie hat den Ring nicht genommen. Es war ihr natürlich gleich aufgefallen, dass der Safe geöffnet war, als sie das Zimmer betrat, ..."

„Hat sie hineingeguckt?", unterbrach ihn Göhlich.

„Hab ich sie auch gefragt. Sie hat hineingeguckt, aber sie hat dabei nicht die Safetür berührt. Kurz darauf sind Sie ins Zimmer gekommen und dabei ...", er zögerte einen Augenblick, „sie hat sich sehr erschrocken!" Der Vorwurf war leicht herauszuhören.

Göhlich erinnerte sich daran, dass er sein Zimmer

tatsächlich eher gestürmt als betreten hatte. Er bedauerte das, an Vanna gerichtet. Sie verstand ihn nicht, doch Sok äußerte großes Verständnis. Göhlich sei natürlich aufgeregt gewesen, kein Zweifel.

„Dann bleibt uns nichts anderes übrig, als die Polizei zu holen", sagte Schröder. Auf Deutsch. Sok lächelte verbindlich. Doch als Göhlich ihn auf Englisch aufforderte, das zu tun, veränderte sich sein Gesichtsausdruck rapide. „Die asiatische Dämmerung im Zeitraffer", nannte Schröder es später.

Sok rutschte in Windeseile von der Schreibtischkante und hätte Göhlich beinahe am T-Shirt gepackt, so sah es jedenfalls für einen kurzen Moment aus; er konnte sich aber gerade noch mit Mühe beherrschen. Doch während der Sekundenbruchteile zwischen spontaner Reaktion und Zurückschrecken verformte sich sein Gesicht zu einer hässlichen Fassade. Soeben noch hatte es Souveränität und Überlegenheit gespiegelt. Jetzt, übergangslos, war es von Wut gezeichnet. Die Augen waren plötzlich so weit zusammengekniffen, dass sich die Stirn in Falten legen musste; auf der Haut erschienen Schweißtropfen. Sein Mund öffnete und schloss sich in einem fort. "Wie ein Hund hat er gehechelt", sagte Schröder später. Göhlich, der keinen Meter von Sok entfernt stand, wich instinktiv einen Schritt zurück. Angst hatte er keine, aber er war sich auch nicht sicher, was der Mann vor ihm im nächsten Augenblick tun würde.

„No", brachte Sok nur hervor, „no police!" Doch Göhlich war entschlossen, sich nicht weiter hinhalten zu lassen. Er stellte Sok vor die Alternative, entweder selber die Polizei zu rufen oder es ihm, Göhlich, zu überlassen. Was ihm lieber sei? Auf jeden Fall müsse es sofort geschehen.

Sok wand sich, doch es dauerte nicht lange, bis sein Widerstand gebrochen war. Seine Körperhaltung, sein schlaffes Gesicht, seine Hand, die er vor die Stirn gepresst hielt, alles signalisierte Kapitulation. Schröder versuchte ihm zu helfen, indem er ihm klar machte, dass es besser für ihn sei, wenn das Hotel die Polizei kommen ließe. Damit mache er deutlich, dass er an der Aufklärung des Falles interessiert sei, bei sich selbst keine Schuld sehe und deshalb die Initiative ergreife. Der Manager nickte mit dem Kopf. Kraftlos. Wie in Trance griff er nach dem Telefon und drückte eine Nummer.

Vanna hatte während der Auseinandersetzung kein Wort geäußert. Sie hatte einen kleinen Spiegel und einen Lippenstift aus der Hosentasche gezogen, sich in aller Ruhe nachgeschminkt und dabei die Niederlage ihres Chefs in allen Einzelheiten verfolgt. Eine Reaktion war ihr aber in keiner Phase anzusehen. Weder Erschrecken noch Genugtuung noch sonst irgendetwas.

„Police come", sagte Sok und legte das Telefon aus der Hand. Aber die beiden Deutschen sollten nicht warten, es könne etwas dauern.

„Legen wir uns solange an den Pool", schlug Göhlich vor.

✶✶✶

Vanna steckte ihre Schminkutensilien wieder in die Tasche und setzte sich. Sok umrundete sichtlich erschöpft seinen Schreibtisch und setzte sich ebenfalls. Beide schwiegen. Sie schwiegen und sahen sich an, bis Sok ihrem Blick auswich. Beide suchten das Gespräch; keiner wusste, wie er anfangen sollte. Als das Telefon klingelte, waren sie erleichtert. Sok nahm das Gespräch an und sprach mit dem Anrufer. Vanna schien nicht zu interessieren, um wen oder was es ging. Sie stand auf, ging, scheinbar unschlüssig, im Büro hin und her und blieb schließlich vor dem Dienstplan hinter Soks Schreibtisch stehen. Interessiert schaute sie sich die Eintragungen an. Sie stand in unmittelbarer Nähe Soks, so nah, dass sie ihn fast berührte. Sok richtete sich im Sitzen auf und sah sie ungläubig an. Sie lächelte. Daraufhin sprach Sok etwas schneller, er wollte das Gespräch beenden. Vanna tippte derweil mit einem Finger auf den Dienstplan, fuhr, scheinbar auf der Suche nach etwas, mit dem Finger immer weiter nach rechts, immer weiter, so dass ihr Körper dem Finger folgen musste und dabei Sok berührte. Sie tat erschrocken und zog sich einen halben Schritt zurück.

„Kann ich etwas für dich tun?", fragte Sok, als er sein Gespräch beendet hatte. Seine Stimme klang wieder ruhiger, kontrollierter, beinahe freundlich; er schien seinen Ärger im Griff zu haben. Vanna schaute ihn an und zögerte. Schaute ihn lange an, unschlüssig, so dass Sok glaubte, sie denke an irgendetwas, das sie aber nicht auszusprechen wage. Dass ihr Mund nach einem Wort zu suchen schien und ihre Lippen es zu formulieren versuchten, dachte er. Und er spürte diesen Versuch, als fände er in ihm selbst, in seinem eigenen Körper statt. Langsam erhob er sich von seinem Stuhl und streckte einen Arm zu ihr aus, als wolle er ihr seine Hilfe anbieten. Sofort wich Vanna noch weiter zurück und drehte sich vollständig von ihm weg. Sok war irritiert. Er suchte nach Worten, begann einen Satz und brach ihn mittendrin wieder ab. Er streckte seinen Arm aus und legte seine Hand vorsichtig auf ihre Schulter. Durch das dünne T-Shirt, das sie trug, spürte er ihre Wärme. Er verstärkte den Druck seiner Hand. Bewegte sie langsam hin bis zur Rundung ihres Oberarms, drückte auch ihn und wartete auf eine Reaktion. Sie wehrte ihn nicht ab. Und dadurch aufgefordert, wie er glaubte, trat er mit einem plötzlichen, entschlossenen Schritt an sie heran, so weit, bis er ihren Rücken an seiner Brust fühlte, und versuchte sie mit beiden Armen zu umschlingen. Doch wie plötzlich zur Besinnung gekommen, stieß sie mit ihren Ellbogen wütend um sich, drehte sich mit energischen, heftigen Bewegungen ihres ganzen Körpers hin und her, nach links und nach rechts und entwand sich so in Sekundenschnelle seinem Griff.

„Bist du verrückt?" Sie drehte sich um und sah ihm direkt in die Augen. „Ich hab doch gesagt, dass du deine Finger von mir lassen sollst."

Hätte Sok genauer hingeschaut, hätte er in ihrem Gesicht nicht nur Empörung, sondern auch eine hämische Zufriedenheit entdecken können. „Mich kannst du nicht kaufen wie du es mit den chicken machst, du weißt schon. Das hab ich dir gestern abend schon gesagt." Sie sah in herablassend an. „Abgesehen davon, dass du mich gar nicht bezahlen könntest."

Vor sich hin lächelnd, als sei ihr ein ganz besonderer Coup gelungen, verließ sie sein Büro, stieg draußen in ihre Schuhe und ging.

✳✳✳

Der Pool sah so frisch und einladend und das Wasser darin so blau aus, wie Touristen es sich in ihren schönsten Träumen ausmalen. Dazu rundherum blühende Büsche, Bäume und sogar Kokospalmen. Oben, hoch in den Himmel gestiegen, die Sonne und unten, rund ums Wasser, weit ausladende Sonnenschirme, die jeweils zwei Liegen mit Schatten versorgten. Zwischen ihnen ein flacher Korbtisch. Der Wasserspiegel lag nur wenige Zentimeter unterhalb des Plattenweges, der rund um das Becken verlief. Und immer dann, wenn jemand hinein stieg um sich abzukühlen oder sogar ein paar faule Schwimmzüge zu tun, schwappten kleine Wellen über den Rand und verliefen sich auf den geriffelten, himmelblauen Keramikplatten. Es war, kurz gesagt, paradiesisch und eines der seltenen Beispiele dafür, dass die Fotos auf der Website eines Hotels nicht grundsätzlich übertreiben.

Schröder war als erster in seiner neuen, tiefschwarzen Badehose erschienen und hatte die freien Liegen mit ein, zwei Blicken überschaut. Er prüfte grundsätzlich, welche sowohl den meisten Schutz vor neugierigen Blicken bieten als auch am längsten im Schatten stehen würden. Nachdem seine Entscheidung gefallen war, nahm er sie in Besitz, indem er seine augenblickliche Lektüre und eine Tube mit Sonnencreme auf ihnen deponierte. Dann holte er sich zwei von den orangefarbenen Badetüchern, die das Hotel für seine Gäste zur Verfügung gestellt hatte und machte es sich auf einer der reservierten Liegen bequem.

Kaum lag er, näherte sich ein ‚junges Ding‘, wie er es nannte, und präsentierte ihm eine eingeschweißte Speise-

und Getränkekarte. Kurz darauf erschien auch Göhlich. Seine Badehose leuchtete sonnengelb. Er griff sofort nach der Karte und wählte sich einen Burger mit gebratenem Mango-Tofu und einer Chili-Creme aus. „I like it hot!" Schröder entschied sich für einen kleinen Salat. Als er die Karte weglegte, war das ‚junge Ding' sofort wieder da und nahm die Bestellungen entgegen. „Any drink?" Wie aus einem Mund sagten beide: „Mango-Mojito". Das Mädchen kicherte. „I will tell Dada!", sagte sie und war weg.

„Dada? Wer ist Dada?"

Göhlich zuckte mit den Schultern und griff nach Schröders Sonnencreme. „Und sonst?"

„Wie: und sonst?", fragte Schröder zurück.

„Was sagst du zu Sok?"

„Aha! Ein ganzer Satz!" Die Ironie des Lehrers.

„Und?"

Schröder schluckte, wollte sich räuspern, verzichtete dann aber lieber doch auf die Fortsetzung des Spielchens. „Ich hab ja gesagt, der spielt Theater. Und das sehr wandlungsfähig! Aber beim Wort nehmen darfst du ihn nicht. Der erzählt dir das Blaue vom Himmel herunter."

Göhlich schwieg.

„Er hätte dich fast erwürgt", ergänzte Schröder.

„Du wärst mir hoffentlich zu Hilfe gekommen …", grinste Göhlich.

Sein Freund schlug kommentarlos das Buch auf, das er sich mitgebracht hatte, und begann zu lesen. Was Göhlich aber nicht störte. Er angelte nach der Speise- und Getränkekarte, die noch auf dem Korbtischchen zwischen ihren Liegen lag, studierte all die phantastisch zu lesenden tropischen Angebote und legte die Karte dann wieder zurück.

„Ich glaube nicht, dass ich ihn wiedersehe", sagte er nach einer Weile, in der er sich ausgemalt hatte, wie seine Frau auf den verschwundenen Ring reagieren würde. Ihm dämmerte allmählich, wie wütend sie sein würde; immerhin hatte sie ihn wiederholt und inständig gebeten, den Ring nicht mit auf die Reise zu nehmen. Und was ihn wirklich bedrückte: sie wäre mit Sicherheit verletzt. Und traurig. Er wusste, was ihr der Ring bedeutete.

„Dann kannst du ja die Polizei wieder abbestellen", murmelte Schröder vor sich hin und guckte angestrengt in sein Buch.

„Ganz im Gegenteil!", erwiderte Göhlich. Schröder stutzte und legte das Buch beiseite. „Wieso?"

„Weil mich interessiert, wie die hier mit sowas umgehen. Könnte doch ganz aufschlussreich werden."

Schröder glaubte, nicht richtig gehört zu haben. „Und der Ring? Willst du den gar nicht wiederhaben?"

„Natürlich will ich das. Aber ich glaub nicht mehr dran. Und so blöd das klingt: jetzt haben wir doch endlich mal eine kleine Chance, mit Einheimischen etwas näher in Kontakt zu kommen. Etwas wirklich Interessantes zu erleben. Nicht nur Speisekarten zu lesen und Tagesausflüge zu buchen und den üblichen Touristenkram abzuarbeiten, sondern ernsthaft mit ihnen ins Gespräch zu kommen."

Schröder sah ihn an, als hätte er den größten Blödsinn aller Zeiten gehört. „Muss das ausgerechnet die Polizei sein?"

„Ja, ich weiß, es klingt ein bisschen abgedreht. Du hast ja recht." Göhlich hatte schnell eingesehen, dass er sich etwas vergaloppiert hatte mit seiner Behauptung, das

Verhalten der Polizei könne aufschlussreich sein. Offen eingestehen konnte er es aber nicht. Und in seiner plötzlichen Unsicherheit machte er es nur noch schlimmer: „Aber das Gegenteil davon ist dein Entwicklungshelfer im Hotel."

Schröder zuckte zusammen; ihm war ja klar, wovon die Rede war. Göhlich merkte es ihm an und bereute seine Bemerkung. „Ist nicht persönlich gemeint, tut mir leid, war nicht nett von mir. Aber nimm es mir bitte nicht übel: ich würde wirklich gerne mal mit dir darüber diskutieren, warum du immer nur organisierte Reisen machst und nie allein fährst. Da verpasst du so viel!"

So, jetzt war es raus!

Schröder antwortete aber nicht darauf. Diese Frage, die er sich als halbwegs selbstkritischer Mensch, wie er sich einschätzte, auch schon gestellt hatte, war auf eine entscheidende Schwachstelle bei ihm gestoßen. Über die hatte er sich schon häufig genug geärgert. Er hatte endlos darüber gegrübelt und sich damit gequält, und am Ende hatte es ihn immer traurig gemacht. Und er suchte auch diesmal gerade wieder nach einer überzeugenden, ehrlichen Antwort, als man das Klatschen von Flip Flops auf Steinplatten hörte, die schnell näher kamen. Sie gehörten zu einer etwas untersetzten Frau, die schon auf den ersten Blick für gute Laune sorgte. Eine Mama, würde Göhlich sagen. Gemütlich, herzlich, zugewandt und begeistert von ihren Redetalenten, wie sich herausstellen sollte. Schon bevor sie auch nur ein einziges Wort geäußert hatte, war er sich sicher. Er kannte diesen Typ Mensch, und er mochte ihn. Alle Äußerlichkeiten passten in sein Bild: der Gang etwas latschig, der Bauch ausgeprägt, die Oberarme kräftig, der Busen mächtig und die Augen strahlend und flink. War das Dada? Sie musste es sein, denn sie setzte ein Tablett auf dem Tischchen zwischen den Liegen ab. Darauf zwei Mango-Mojitos, ein Burger und ein Salat, der die Ränder eines ziemlich großen Tellers nach allen Seiten hin überlappte.

Dada strahlte, als Schröder beim Anblick seines ‚kleinen‘ Salates überrascht und spontan in die Hände klatschte. Sie war diese Art der Reaktion offenbar gewohnt. Und sie begann auch gleich, die einzelnen Zutaten des Salats samt und sämtlich aufzuzählen. Alles in einem fast fehlerfreien Englisch, was von Schröder zwar ohne ein Wort, aber doch mit heimlicher Anerkennung vermerkt wurde. Als sie bei der Sauce und ihren Bestandteilen angekommen war, stoppte Schröder ihren Redefluss, indem er einfach von dem Salat probierte und ihr ein großes Kompliment machte. Wieder strahlte sie und begann aufzuzählen, was sie noch alles aus ihrer Küche empfehlen könne; sie war die Köchin höchstpersönlich. Während sie sprach, was sie mit bemerkenswertem Temperament tat, war alles an ihr in Bewegung, von den Zehen, die keine Sekunde ruhig blieben bis zu dem üppigen, glänzend schwarzen Haar, das sie zu einem mächtigen Dutt gebunden hatte, der fröhlich auf ihrem Kopf herumtanzte. Doch urplötzlich blieb sie stehen wie eine Salzsäule, guckte Göhlich an und fragte:

„Sind Sie der Mann mit dem Ring?“

Göhlich fiel aus allen Wolken, Schröder nicht weniger.

„Ja …“, sagte Göhlich, als er sich etwas von seiner Überraschung erholt hatte. „Woher wissen Sie das?“

„Chantrea. Sie hat mir alles erzählt.“

Beide, Göhlich und Schröder, schauten sie verblüfft

an. So einen kurzen Satz hatten sie von Dada noch nicht gehört.

„Chantrea ist meine Freundin. Sie hat bei mir in der Küche gearbeitet, aber irgendwann ging das nicht mehr. Sie muss nachmittags immer nach Hause, und dann gibt es bei uns die meiste Arbeit, weil das Abendessen vorbereitet werden muss." Dada guckte sich um, ob niemand in der Nähe war. „Und dann hat sie als Zimmermädchen angefangen. Am Anfang hab ich ihr immer noch etwas aus der Küche mitgegeben, ihre Familie hat ja nichts. Aber Sok hat das gemerkt und furchtbar getobt. Jetzt können wir das nicht mehr machen." Noch einmal prüfte Dada, ob irgendjemand da war, der mithören könnte. Dann beugte sie sich ein wenig zu den beiden Männern auf den Liegen herab und flüsterte: „Sok macht sich an alle ran. Und gerade Chantrea, sie ist so unerfahren. Manchmal geht er sogar auf die chicken farm."

Chicken farm? Schröder begriff nicht sofort. Aber als Göhlich ihn auf eine ganz bestimmte Art angrinste, dämmerte es auch bei ihm.

„Chantrea tut mir leid", knüpfte Dada an, „sie sorgt sich um die ganze Familie. Jetzt ist ihre Mutter auch noch krank. Und Sok hat sie entsetzlich angeschrien heute morgen."

Dada warf einen Blick in Richtung Küche. „Ich muss zurück." Sie strahlte die beiden mit einem herzerfrischenden Lächeln an, wandte sich um und klatschte auf ihren Flip Flops davon. Entschieden schneller, als man es ihr zugetraut hätte.

7

Donnerstagnachmittag

Göhlich fuhr sich genüsslich mit der Zunge im Mund herum, um sich den Geschmack des Burgers, den er gerade gegessen hatte, noch einmal in Erinnerung zu rufen, als Schröder ihn anstieß: „Guck mal, da vorne!"

Vor der kleinen Kammer, die den Zimmermädchen als Umkleideraum diente und in der auch die Putzutensilien untergebracht waren, stand Chantrea. Das heißt. Sie stand nicht einfach nur da, sondern tat mal einen halben Schritt nach rechts, mal einen nach links. Unschlüssig, so schien es, wohin sie sich wenden sollte.

„Irgendwas ist mit ihr", vermutete Schröder.

Tatsächlich machte sie den Eindruck, als wisse sie nicht genau, was sie als nächstes tun sollte. Äußerst unruhig, ja: übernervös trat sie von einem Bein aufs andere und guckte sich um, als würde sie verfolgt.

„Stimmt", brummelte Göhlich.

Offenbar hatte sie gerade ihre Arbeit beendet und wollte nach Hause fahren; jedenfalls trug sie nicht mehr ihren grauen Kittel. In der rechten Hand hielt sie ihre blaue Bangkok Airways-Tasche. Dann, plötzlich, lief sie zu ihrem Moped, das nicht weit von der Rezeption entfernt stand, schwang sich auf den Sattel, startete es und knatterte viel zu schnell los. Der junge Mann an der Rezeption starrte verwundert hinter ihr her.

✳★✳

Die Polizei trudelte erst ein paar Stunden später ein, am Nachmittag, kurz nachdem Chantrea so überstürzt nach Hause gefahren war. Sie erschien auf zwei mächtigen Motorrädern. Unüberhörbar ihre Motoren, die bis unmittelbar vor dem Eingang zum Hotel penetrant dröhnten, bevor sie nach etlichen Knallen und Verpuffungen plötzlich erstarben.

„Die Herren sind da!", stellte Schröder fest.

Zwei in hauteng, braune Uniformen gezwängte Staatsbeamte erhoben sich aufreizend langsam aus den Sätteln. Lüfteten ihre Helme, bockten ihre Kräder mit lässigem Schwung auf und guckten sich um, als erwarteten sie Beifall. Erst dann setzten sie sich träge, aber kraftstrotzend in Bewegung. Gäste, die am Pool in der Hitze vor sich hin dösten, hatten sich auf ihren Liegen aufgerichtet und versuchten zu erfassen, was geschah. Eine willkommene Abwechslung!

„James Bond könnte was lernen von denen", sagte Schröder. „Nein, der braucht nicht so eine Show!", antwortete Göhlich.

Andere, die auf der Terrasse des Restaurants saßen, guckten ebenfalls interessiert hinterher. Zwei Bedienungen ließen alles stehen und liegen und deckten hastig einen Tisch neben dem Durchgang zur Küche. Und der junge Mann an der Rezeption versank bei seinem tiefen Wai fast hinter dem Tresen.

Die beiden Polizisten hatten noch keine 5 Schritte in sehr mäßigem Tempo zurückgelegt, als ihnen Sok schon entgegeneilte und sie begrüßte wie sehnlichst erwartete

Gäste. Doch die Beamten beachteten ihn wenig; man konnte auch sagen: sie schienen ihn bewusst zu übersehen. Offenbar kannten sie den Weg ins Büro, denn sie schritten gemächlich, aber zielstrebig dorthin, während Sok eine Verbeugung nach der anderen machend dienstfertig hinter ihnen her stolperte.

Noch während die drei im Büro Platz nahmen, wurde ihnen von einem völlig eingeschüchterten Mädchen eisgekühlter Orangensaft serviert. Die Bedienung huschte wie ein Windhauch hinein und fluchtartig wieder hinaus.

Brak, so hieß der wichtigere der beiden Polizisten, machte eine kurze Bewegung mit seinem Kinn. Sok wusste; das war die unmissverständliche Aufforderung für ihn zu sprechen. Er fasste also zusammen, was er wusste und redete und redete, bis Brak sein Kinn erneut nach vorn streckte. Das Zeichen, zu schweigen.

„Wie sieht der Ring aus?", fragte der Polizist.

Sok zuckte zusammen. Erst jetzt wurde ihm bewusst, dass er sich nie danach erkundigt hatte. Stotternd faselte er irgendetwas daher.

„Aus dem Zimmer?" Der Manager nickte, froh, eine zweifellos korrekte Auskunft geben zu können.

„Gibt es einen Verdacht?"

Sok führte aus, dass Chantrea auf dem Dienstplan stand, aber mit Vanna getauscht hatte. Brak forderte ihn auf, Chantrea zu rufen, doch die hatte ihre Arbeit erledigt und war schon nach Hause gefahren.

„Aha!", meinte Brak, „noch jemand?"

Sok dachte nach. „Am Pool war um die Zeit noch niemand."

„Keine Langnasen?"

„Kann schon sein, aber die haben ja keinen Schlüssel für die Zimmer, nur für ihr eigenes."

Brak guckte ihn an, als sei er unterbelichtet.

„Welches Zimmer war das?"

Die Polizisten verlangten eine Begehung des Tatorts, und Sok führte sie zum Gästezimmer mit der Nummer 31. Brak zog ein Taschenmesser aus seiner Tasche und stocherte damit kurz im Türschloss herum, bis die Tür aufsprang. Das reichte ihm. Er betrat nicht einmal das Zimmer, sondern begnügte sich damit, Sok einen vernichtenden Blick zuzuwerfen. Der schluckte ihn hinunter und bat die beiden Herren auf einen kleinen Imbiss ins Hotelrestaurant. Als sie an dem Tisch neben dem Eingang zur Küche Platz genommen und damit eine hektische Unruhe unter dem Bedienungspersonal ausgelöst hatten, ließ Brak sich zu einem Fazit herab.

„Chantrea ist verdächtig. Sie hat sich nicht umsonst aus dem Staub gemacht. Soll baldmöglichst auf der Polizeistation erscheinen, sag ihr das gefälligst!"

Sok war heilfroh, dass die Untersuchung einen so gnädigen Abschluss für ihn gefunden hatte. Und noch während er sich von den Beamten mit vielen blumigen Worten und tiefen Verbeugungen verabschiedete, wurden bereits die ersten Schüsseln des kleinen Imbisses aufgefahren: Knuspriger Reis-Nudel-Salat mit Frühlingsrollen, Penne mit geröstetem Chili und Cashew-Nuss-Pesto, geräucherte Ente, Schweinfleisch-Salat mit Minze und roten Zwiebeln und natürlich Fisch Amok. Und zwei große Flaschen Angkor-Bier, so stark gekühlt, dass ein Teil des Bieres in den Flaschen zu Eisklumpen gefroren war. Brak und sein Kollege nahmen am Tisch Platz und unterzogen die Speisen einer kritischen Prüfung. Als sie, offenbar zufriedengestellt, begannen sich die Teller vollzuladen, zogen sich die beiden Bedienungen, die das aus sicherer Entfernung beobachteten, sofort in die Küche zurück. Sie waren erleichtert.

***

„Eigentlich müsste er uns doch mal ein paar Wörtchen sagen", meinte Göhlich. Er war verschnupft darüber, dass Sok ihn noch nicht über sein Gespräch mit der Polizei informiert hatte. „Ich geh mal rüber in sein Büro." Er erhob sich von seiner Liege und zog sich ein T-Shirt über. „Kommst du mit?" Was für eine Frage! Natürlich kam Schröder mit. Er war neugierig, aber skeptisch. „Glaubst du wirklich, dass er dir was Neues sagen kann?"

Auf dem kurzen Weg zu Soks Büro fielen Schröder die beiden Polizisten ins Auge. Umschwirrt von den beiden Bedienungen, saßen sie immer noch im Restaurant und tafelten. Er stieß seinen Freund mit dem Ellbogen in die Seite und deutete mit den Augen hinüber. „Die lassen es sich aber gut gehen!" Göhlich nickte nur mit dem Kopf; sein ‚Schnupfen' wurde dadurch nicht besser.

Sok hockte zusammengesunken und erkennbar erschöpft auf seinem Drehstuhl. Mit einer müden Handbewegung und einem Rest Höflichkeit wies er auf die anderen Sitzgelegenheiten. Es war ihm leicht anzusehen, dass er genervt war, weil er keinen Erfolg vorweisen konnte. Woher auch? Göhlich und Schröder nahmen gar nicht erst Platz. Doch zu ihrer Verwunderung richtete Sok sich plötzlich auf, ruckelte seinen Stuhl zurecht, tippte mit den Fingern beider Hände auf dem Tisch herum, als ginge ihm eine muntere Melodie durch den Kopf, und setzte zu einer Erklärung an.

„No problem, Mr. Gohlich! Die Polizei sieht keine Probleme."

Göhlich verstand nicht recht. Hatte man seinen Ring sichergestellt?

„Noch nicht ganz, Mr. Gohlich. Aber die Polizei weiß, wer ihn genommen hat. Sie sind dem Dieb auf der Spur."

Wie bitte? Ohne mit mir gesprochen zu haben, dachte Göhlich?

„Sie haben mir die richtigen Fragen gestellt", erklärte Sok mit einer erstaunlichen Selbstsicherheit, „und ich habe ihnen die richtigen Antworten gegeben. Und schon war alles klar."

Göhlich und auch Schröder waren irritiert. Aber Sok grinste: Mr. Gohlich erhalte seinen Ring sehr bald zurück, und dann sei alles gut. No more problem!

„Und wann ist es soweit?" Göhlich musste sich zusammenreißen, um den Sarkasmus nicht allzu deutlich durchblicken zu lassen.

„Oh, Mr. Gohlich, das darf ich nicht sagen. Die Polizei hat mir befohlen zu schweigen."

Man beißt sich die Zähne an ihm aus, ging es Göhlich durch den Kopf. Aber was sollte er machen? Er konnte ihn ja nicht am T-Shirt packen und durchschütteln in der Hoffnung, dass sein Ring dann zu Boden fiele und nur noch aufgesammelt werden müsste.

Schröder legte ihm freundschaftlich die Hand auf die Schulter. „Wenn es nicht so ärgerlich für dich wäre, müsste man darüber lachen. Polizei nennen die sich! Von nichts haben sie eine Ahnung. Und von ihrem Job schon gar nicht." Er warf Sok einen verärgerten Blick zu und dirigierte Göhlich aus dem Büro. „Etwas anderes war aber nicht zu erwarten."

Göhlich reagierte mit leisem Unmut. Er musste daran denken, wie oft Schröder sich zu allzu schnellen Bemerkungen hinreißen ließ, die auf nichts fußten als seinen Vorurteilen. Wieder einmal. Der Entwicklungshelfer im Hotel fiel ihm ein.

„Und? Was schlägst du vor, das wir jetzt machen?"

„Wir klemmen uns selbst dahinter", antwortete Schröder spontan und ohne auch nur ein einziges Sekündchen über seinen Vorschlag nachgedacht zu haben.

„Wie bitte?" Göhlich fiel aus allen Wolken. „Wie willst du das denn machen?"

Schröder, von seiner eigenen Idee mindestens so überrascht wie sein Freund, war dennoch Feuer und Flamme. Und setzte ein geheimnisvolles Gesicht auf. „Das sollten wir in Ruhe besprechen. Darf ich dich zu einem Mango-Mojito einladen?"

8

Donnerstagabend

Gegen 21 Uhr konnte Dada die Küche ohne größeres Risiko verlassen. Es saßen nur noch wenige Touristen im Restaurant, und alle hatten längst gegessen. Das Wenige, was an Bestellungen noch kommen würde, ein Cocktail, ein Bier, ein paar in Knoblauch und Chili geröstete Nüsse, vielleicht ein Obstsalat, konnten die Küchenhilfe und die beiden Bedienungen allein erledigen. Also schwang Dada sich auf ihr Moped und tuckerte los.

Was Kunthea wohl dazu sagen würde? Ihre Freundin war genauso neugierig und redselig wie sie selbst; beide genossen es über die Maßen, sich gegenseitig schnellst-möglich die neuesten Nachrichten mitzuteilen und jede einzelne erschöpfend zu beschwätzen. Und diesmal, hoffte Dada, würde ihr auch Nhean mit Interesse zuhören.

Nhean, Kuntheas Mann, hatte erst kürzlich, kaum dass er pensioniert war, den Raub der Himmlischen Tänzerin aufgeklärt. Am Anfang war es ja mehr ein Spiel für ihn gewesen, eine Beschäftigung, ein Zeitvertreib. Aber bald hatte es ihn gepackt. Es hatte ihn fasziniert, allen Spuren nachzugehen und die Wahrheit herauszubekommen. In den Zeitungen war er als glänzender Amateurdetektiv gefeiert worden. Nur seine Frau, die durch ihre scheinbar naiven Nachfragen einen erheblichen Anteil an der Lösung des Falles hatte, war leider nie erwähnt worden. Vielleicht, spekulierte Dada, war Nhean ja daran interessiert, von dem verschwundenen Ring zu erfahren. Vielleicht würde es ihn sogar reizen, sich der Sache anzunehmen.

Sie fuhr den Sivatha Boulevard hinunter in Richtung Fluss. Wo links die 2 Thnou Street abzweigte und mitten hinein führte ins Vergnügungszentrum mit seinen Restaurants, Bars und Diskotheken, fuhr sie weiter geradeaus und bog dann rechts in die Sok San ein. Als sie Kuntheas Haus betrat, durchlief sie ein wohliger Schauer. Sie hatte etwas zu erzählen! Das konnte sie kaum erwarten.

Kunthea stand wie immer in der Küche, umhüllt von köstlichen Gerüchen. „Etwas gebratenen Reis könntest du noch haben", sagte sie, hocherfreut über den unerwarteten Besuch; wenn Dada um diese abendliche Zeit kam, bedeutete das immer etwas Neues. Was sich dann aber auf dem Teller auftürmte, waren nicht nur Reis und in Knoblauch gedünstete Schlangenbohnen, sondern dazu noch gelbes Curry mit Huhn und morning glory. Dada aß in aller Ruhe, kaute bedächtig und mit Genuss, obwohl ihr klar war, dass Kunthea auf einem Pulverfass saß. Etwas Spannung konnte aber nicht schaden, jetzt, wo die Neuigkeit so kurz vor ihrer Enthüllung stand und nichts mehr dazwischen kommen konnte.

„Chantrea hat ein Riesenproblem!", verkündete Dada schließlich. Kunthea sah sie erwartungsvoll an und schwieg. Das fiel ihr nicht leicht. Aber sie wusste genau, dass sie alles nur weiter hinauszögern würde, wenn sie jetzt voreilige Nachfragen stellte. Und dann begann Dada weit auszuholen. Erzählte alles, was sie von dem verschwundenen Diamantring wusste, bis ins winzigste Detail. Vieles davon stimmte mit der Wahrheit überein, manches nahm sie nicht besonders genau.

„Und wer war es?", fragte Kunthea, als Dada ihren Vortrag beendet hatte. „Glaubst du, dass Chantrea den Ring geklaut hat?"

„Auf keinen Fall!", sagte Dada, „das würde sie nie tun."

„Und Vanna?"

„Weiß ich nicht."

„Aber eine muss es doch gewesen sein, oder?"

In diesem Augenblick betrat Nhean die Küche. Er war, wie fast jeden Abend, ein bisschen den Fluss hinunter und wieder hinauf spaziert. Als Pensionär freute er sich über jede Minute, die er nicht mehr unter der Fuchtel eines Vorgesetzten stand.

„Es gibt einen neuen Fall für dich", überfiel ihn Kunthea ohne Vorwarnung und wiederholte brühwarm und in allen Einzelheiten, was sie soeben von Dada erfahren hatte. Wobei sie nicht eine einzige Kleinigkeit vergaß, sondern die eine oder andere, die sich zum Ausschmücken des Falles eignete, hinzufügte.

Nhean sagte erst einmal gar nichts. Er dachte nach. Er genoss, dass ihm die Aufklärung der Himmlischen Tänzerin eine gewisse Berühmtheit eingebracht hatte, aber er wollte diesen guten Ruf nicht unbedacht verspielen. Denn er war sich im Klaren darüber, dass der enge Kontakt mit seinem ehemaligen Arbeitgeber, dem ‚Kleinen Phnom Penh', der Außenstelle des Nationalmuseums in der Hauptstadt Phnom Penh, ganz wesentlich zu seinem Erfolg beigetragen hatte. Bei dem, was er soeben gehört hatte, würde ihm dieser Kontakt aber gar nichts nützen. Ganz abgesehen davon, dass er kaum noch bestand. Schließlich war er jetzt schon länger pensioniert.

Und dazu kam, dass er Chantrea gar nicht kannte.

„Darum soll sich die Polizei kümmern", sagte er also. Woraufhin sowohl Kunthea als auch Dada in ein hämisches Lachen ausbrachen. „Außerdem bin ich kein Detektiv", legte Nhean nach.

„Nein, bist du nicht", bestätigte Kunthea, „aber du hast doch Zeit. Und du hast mich. Und der Fall der Himmlischen Tänzerin hat dir doch auch Spaß gemacht." Sie warf ihrem Mann einen dieser Blicke zu, die seine Widerstandskraft frontal angriffen. „Und denk an Chantrea. Sie braucht dich!"

Vielleicht zögerte Nhean nur eine halbe Sekunde zu lang. Dada entging das jedenfalls nicht, und sie schlug in dieselbe Kerbe wie Kunthea. „Wir dürfen Chantrea mit diesem Verdacht nicht allein lassen. Sie kann sich nicht zur Wehr setzen. Sie hat den Ring bestimmt nicht gestohlen. So etwas würde sie nie fertigbringen. Sie ist so ein schüchternes Ding. Aber wenn die Polizei will, dass sie schuldig ist, dann ist sie es auch. Willst du das?"

Natürlich wollte Nhean das nicht. Und natürlich spürte er allmählich den Reiz, sich um diesen Fall zu kümmern. Das konnte ja nicht so schwierig sein. Und gefährlich war es auch nicht.

„Ich halte dich jedenfalls auf dem Laufenden!", versprach Dada. „Wir dürfen nicht zulassen, dass Chantrea ihre Arbeit im Hotel verliert. Ihre Familie braucht das Geld."

9

Freitagmorgen

Vom Dörfchen Phoum Pradak bis zum Hotel ‚Jaya-varman VII' in Siem Reap braucht man mit dem Moped etwa 20 Minuten. Chantrea war diese Strecke schon viele hundert Mal gefahren. Und war noch nie zu spät zur Arbeit gekommen. Sie kannte jeden Meter. Sie wusste, wo sie besonders vorsichtig fahren musste. Wahrscheinlich, hatte sie schon manchmal gedacht, würde sie den Weg inzwischen sogar mit geschlossenen Augen finden.

Doch heute war alles anders.

Die vergangenen Tage hatten sie stark geschwächt. Der Tausch mit Vanna am Mittwoch, der Verzicht auf einen ganzen Tageslohn und gestern das hässliche Gespräch mit Sok. Vor allem aber der furchtbare Schreck gestern nach-mittag, als sie sich fertig machte um nach Hause zu fahren: das alles steckte ihr tief in den Knochen. Sie wusste nicht ein noch aus. Und während der Fahrt versuchte sie, ihre flüchtigen Gedanken zu ordnen. Immer von neuem, immer von vorne. Und hinter dem riesigen Wasserreser-voir von Srah Srang, kurz bevor sie nach links abbiegen musste Richtung Angkor Wat, da, wo die geteerte Straße ein wenig abschüssig und oft von Splitt übersät ist, da passte sie einen Augenblick nicht auf. Ein Hund war auf die Straße gelaufen, sie versuchte auszuweichen, kam ins Rutschen und stürzte.

Das Geräusch, das entstand, als das Moped über die Straße schrammte, hörte sich entsetzlich an. Und noch schlimmer war der Moment, als Chantrea den aufgerauten Straßenbelag auf ihrem Oberschenkel spürte. Panik ergriff sie, als sie den brennenden Schmerz spürte. Doch sie raffte sich sofort wieder auf. Zwei Frauen liefen herbei und halfen ihr. Im Stehen sah sie an sich herunter: ihre aufgerissene Hose, auf der Haut Blut. Mehr schien aber nicht passiert zu sein.

Die Frauen führten sie behutsam, Schritt für Schritt zum Straßenrand. Ein Mann kam, richtete das Moped auf und schob es ebenfalls von der Straße; dann hob er auch die blaue Tasche von Bangkok Airways auf, die ebenfalls noch auf der Straße lag, und legte sie neben Chantrea ab. Die atmete heftig. Ging ein paar Meter, wie probeweise, aber alles schien in Ordnung zu sein. Ohne zu wissen, was sie tat, setzte sie sich auf ihr Moped und wollte es wieder starten, doch die Frauen hielten sie zurück. Die eine holte eine Flasche mit Wasser und forderte Chantrea auf, daraus zu trinken. Beide sprachen mit ihr. Und erst, als Chantrea sich einigermaßen beruhigt hatte, ließen die Frauen sie weiterfahren.

Wie durch einen Nebel, der sich nur sehr zögerlich auflöste, steuerte sie langsam die Straße nach Angkor Wat entlang. Auch das Moped schien bis auf ein paar hässliche Schrammen keinen Schaden genommen zu haben. Aber sie, sie hatte das Gefühl, dass sie erst wieder aufwachen musste, dass noch nicht alles so war, wie es sein sollte. Doch erst, als sie in die weite Rechtskurve vor dem Tempel von Prasat Kravan einbog, schoss es ihr durch den Kopf: die blaue Tasche von Bangkok Airways, die hatte sie vergessen. Die musste noch am Unfallort liegen. Chantrea erschrak heftig, drehte sofort um, fuhr sehr viel schneller zurück und sah schon von weitem, dass ihr eine der beiden Frauen entgegen winkte. Mit der anderen Hand schwenkte sie die blaue Tasche hin und her…

Chantrea war klar, dass sie es nun nicht mehr rechtzeitig schaffen würde. Sie fürchtete sich davor, dass Sok ihre Verspätung bemerken würde. Aber sie hatte Glück. Der Manager war weit und breit nicht zu sehen, als sie ihr Moped abstellte und mit ihrer Bangkok Airways-Tasche schnell in die kleine Kammer huschte, die den Zimmermädchen als Umkleideraum diente. Sie zog die Tür hinter sich zu und ließ sich im Halbdunkel auf die schmale Holzbank fallen. Ihr Beine zitterten, brauchten Ruhe. Genauso ihre Atmung. Doch lange hielt sie diese Untätigkeit nicht aus. Sie streifte ihren Arbeitskittel über, nahm ihren Putzeimer und den Besen, trat aus der Kammer hinaus ins Licht und lief Vanna in die Arme.

„Ein bisschen spät!", bemerkte die hämisch, wechselte dann aber unvermittelt in einen freundlicheren, ja, beinah vertraulichen Ton. „Du hast Glück. Sok ist unterwegs. Und nicht nur das!" Sie machte eine vielsagende Pause, um das, was kommen würde, aufzuwerten: „Wenn du willst, kannst du dir morgen dein Geld von vorgestern zurück verdienen." Dabei schaute sie Chantrea komplizenhaft an. Und leise, fast im Flüsterton, ergänzte sie: „Ich bin morgen nur für 4 Stunden eingeteilt, aber wenn du willst, erlasse ich dir trotzdem den Lohn von vorgestern. Einverstanden?"

Chantrea antwortete nicht sofort. Es war alles zuviel für sie, und sie brauchte eine Weile, um den Sinn dessen, was Vanna ihr angeboten hatte, vollständig zu begreifen.

„Komm mit in Soks Büro, da hängen die Dienstpläne. Sok ist nicht da."

Chantrea folgte ihr zögernd. Sie war misstrauisch. Aus welchem Grund, war ihr nicht klar, aber sie konnte ihren Argwohn nicht unterdrücken.

Im Büro nahm Vanna einen der vielen Pläne von der Wand und legte ihn auf den Kopierer. „Das sind meine Zimmer für morgen. 4 Stunden nur, dann bist du fertig und kannst wieder nach Hause." Sie drückte Chantrea die Kopie in die Hand. „Ich muss übrigens noch was mit dir besprechen. Aber nicht hier, lieber in der Umkleide."

Warum nicht im Büro? Chantrea fand das seltsam, fragte aber nicht nach. Es war ja auch gleichgültig, wo die angekündigte Besprechung stattfinden würde. Also lief sie wieder hinter Vanna her zur Umkleide.

Als die beiden die Kammer wenige Minuten später verließen, waren sie vollkommen verändert. Beide. Vanna sah aus, als hätte sie eine lang erwartete, ersehnte Nachricht erhalten. Ihr Gesicht strahlte, und sie schien voller Energie. Sie zog die Tür hinter sich ins Schloss und ließ Chantrea, ohne ein weiteres Wort mit ihr zu sprechen, allein zurück. Chantrea dagegen schlich wie ziellos umher. Wie betäubt. Kraftlos. Setzte langsam einen Fuß vor den anderen, als müsste sie die Tragfähigkeit des Bodens prüfen. Bis sie sich aufraffte und mit Putzeimer und Besen das erste Zimmer betrat, das sie reinigen musste.

10

Freitag, später Vormittag

Spät am Freitagvormittag rollte ein roter Mercedes Cabrio mit geöffnetem Verdeck vor das Hotel. Ein Mann stieg aus, warf die Fahrertür mit einem satten Plopp zu und schritt dynamisch, den Kopf hoch erhoben, auf die Rezeption zu.

Nur eine Sekunde nach dem satten Plopp stürzte Sok Hals über Kopf aus seinem Büro, eilte auf den Ankömmling zu und begrüßte ihn wie einen Halbgott: zelebrierte eine tiefe Verbeugung, dirigierte ihn dann aufgeregt mit der ausgestreckten Hand zum Restaurant und folgte ihm dann wie ein junges Hündchen, das die Welt noch nicht begriffen hat, zu einem gedeckten Tisch.

Chantrea, die gerade aus einem fertig geputzten Gästezimmer trat, erschrak. Sie kannte den Mann, den Sok so ängstlich hofierte. Es war Yan, sein Chef. Der Besitzer einer ganzen Reihe von Hotels, ein reicher, ein sehr einflussreicher Mann, der ihr alles andere als sympathisch war. Vor dem sie Angst hatte. Und, das fiel ihr im selben Augenblick wie Schuppen von den Augen: dieser Mann war der Fahrer des roten Cabrios, das ihr vorgestern so rasend schnell entgegengekommen war. Gerade, als sie von der Straße auf den Weg nach Phoum Pradak abbiegen wollte. Instinktiv trat Chantrea einen Schritt zurück ins Zimmer und hoffte, nicht gesehen zu werden.

Ganz anders Vanna. Chantrea hätte schwören können, dass sie nur auf diesen Moment gewartet hatte. Denn sie tauchte genau in dem Augenblick auf, als Yan und Sok die paar Stufen zur Terrasse des Restaurants hochstiegen. Sie musste im hinteren Teil des Restaurants gewartet haben. Und nun, als sie mit Yan auf Augenhöhe war, trat sie hervor und blickte ihn auf unverhohlene Art an. Chantrea blieb fast die Luft weg, als sie sah, wie Vanna ihr Kinn nach oben zog und ihre Brust durchstreckte. Yan entging das nicht. Er lächelte selbstgefällig. Und Chantrea hatte den Eindruck, dass er Vanna sogar ein Zeichen gab, ganz vertraulich. Dass er durch eine Bewegung mit dem Kopf irgendetwas angedeutet hatte. Aber da war sie sich nicht sicher; die Entfernung war zu groß.

Die Begegnung zwischen Yan und Vanna dauerte nicht länger als zwei oder drei Sekunden. Vanna war sofort zur Rezeption weitergegangen, hatte sich auch nicht noch einmal umgedreht. Und genauso Yan. Er setzte sich mit großer Selbstverständlichkeit an den gedeckten Tisch und schenkte sich ein Glas Limonen-Wasser ein; Sok drückte sich von der Seite auf einen Stuhl ihm gegenüber und griff dann ebenfalls nach der Wasserkaraffe, bereit, sie sofort wieder abzusetzen, sollte es ihm irgendjemand befehlen. Die Bedienungen servierten ihnen zwei üppige vietnamesische Nudelsuppen. Große Schalen mit einer köstlich duftenden Brühe, darin breite Nudeln, reichlich geschnetzeltes Rindfleisch und verschiedenste Kräuter, vor allem frischer Koriander.

Als sie gegessen hatten, ohne ein Wort miteinander zu reden, ließ Yan sich ein Tiger-Bier kommen, nahm einen kräftigen Schluck, leckte sich die Lippen ab und schaute Sok durchdringend an.

„Es hat einen Diebstahl gegeben!", begann er. „Das darf nicht sein in meinem Haus."

Sok schoss in Nullkommanichts der Schweiß auf die Stirn. Seine Beine schienen sich unter dem Tisch verknoten zu wollen. Aber immerhin hatte er jetzt endlich eine Aufforderung zum Sprechen, so verstand er das jedenfalls, und er war nicht länger zum Nichtstun verdammt. Also bestätigte er, was sein Vorgesetzter gesagt hatte, und setzte zu einem umfangreichen Vortrag an, in dem er die ganz und gar positive Hauptrolle spielte. Berichtete, was sich in den letzten Tagen ereignet und welche klärenden Gespräche er geführt hatte. Yan hörte geduldig zu, ließ sich eine zweite Flasche Bier kommen und stellte keine Zwischenfragen. Erst als Sok nicht mehr weiter wusste und sich zu wiederholen begann, erlöste ihn Yan.

„Hast du einen Verdacht?"

Sok bestätigte auch das und erwähnte, dass die Polizei derselben Meinung sei. „Chantrea!"

„Hat sie es zugegeben?"

„Sie soll sich bei der Polizei melden."

„Hat sie das getan?"

Sok hätte sich am liebsten unter dem Tisch versteckt. „Ich muss es ihr noch sagen."

„Dann mach das sofort. Ruf sie her!"

Sok forderte eine der Bedienungen auf, Chantrea zu holen. Sie erschien und machte einen tiefen Wai vor Yan. Doch der sagte nicht mal einen Gruß, sondern verwies sie mit einer kurzen Kopfbewegung an Sok.

„Die Polizei hat gesagt, du sollst dich bei ihr melden. Wann hast du heute Dienstschluss?"

Chantrea fiel es sichtlich schwer, selbst auf diese einfache Frage eine Antwort zu geben. „Um 15 Uhr, glaube ich."

„Was heißt hier ‚glaube ich'? Auf jeden Fall gehst du anschließend sofort zur Polizei!"

Chantrea sagte das mit Schweiß im Gesicht zu, mehrmals. Und als Sok sie wieder weggeschickt hatte, hatte sie das Gefühl, dass ihre Knie den Dienst versagten.

Yan schien zufrieden. Er ließ ein weiteres Bier und ein zweites Glas kommen und schenkte Sok ein.

„Ich brauche, glaube ich, ein bisschen Urlaub", sagte er, „etwas Entspannung."

Sok schwieg und fragte sich unwillkürlich, wovon? Er brachte Yan nur mit seinem Cabrio, Ess- und Trink-gelagen und anderem Luxus in Verbindung; die einzige Arbeit, die er leistete, bestand aus knappen Befehlen. Trotzdem nickte er eifrig mit dem Kopf.

„Ich werde am Wochenende nach Sihanoukville fahren. Wenn etwas ist, informierst du mich sofort!"

✷✷✷

Göhlich und Schröder hatten den Vormittag bei den Tempeln verbracht. Sie waren mit geliehenen Mountain-bikes auf dem Grand Circuit unterwegs gewesen und hatten sich zuletzt den beinahe vollständig eingestürzten Ta Nei angesehen. Das war einer der kaum besuchten Tempel. Er lag etwa 1000 m abseits des Grand Circuits in einem stillen Wäldchen. Nur ab und zu drangen die aufge-regten Rufe und Schreie von jungen Touristen hierher, die sich ganz in der Nähe an der Angkor Zipline austobten und in 10 m Höhe an einer Stahltrosse durchs Gelände schwebten.

Die beiden waren über tonnenschwere, teils zersplitterte Steinblöcke geklettert und hatten sich gegenseitig angeregt, über das Leben an dieser Stelle vor 800 Jahren nachzudenken. Wie hatten die Menschen gelebt, die diese Tempel gebaut hatten? Waren es gefangen genommene Sklaven aus den Kriegen mit dem thailändischen Nachbarn?

Als sie am frühen Nachmittag wieder am Hotel-Pool lagen und Göhlich Chantrea entdeckte, die mit Putzeimer und Besen aus einem der Gästezimmer kam, hatte er eine Idee. Er verließ seine Liege und schlenderte die paar Meter hinüber zu seinem Zimmer, kam nach einer Minute wieder hinaus und setzte sich am Beckenrad auf die Fliesen, die Beine im Wasser.

„Wo warst du?" Schröder war neugierig, aber Göhlich antwortete mit einer Gegenfrage: „War dein Zimmer heute eigentlich schon gemacht?"

Schröder verstand nicht, er schüttelte den Kopf.

„Geduld!", sagte Göhlich, „Geduld!"

Er behielt die Tür zu seinem Zimmer im Auge. Zunächst geschah gar nichts. Aber es dauerte nicht allzu lange, bis das geschah, womit er gerechnet hatte: Chantrea betrat mit Eimer und Besen das Zimmer 31, das an diesem Tag noch nicht geputzt worden war. Sie zog die Tür hinter sich ins Schloss, und dann war es ruhig.

„Jetzt oder nie", sagte Göhlich gespannt.

Unmittelbar darauf drang ein spitzer, erschrockener Schrei aus seinem Zimmer. Die Tür wurde aufgerissen und heraus stürmte Chantrea. Sie rannte direkt auf Göhlichs Liege zu und deutete aufgewühlt auf sein Zimmer. „Mr. Gohlich, Mr. Gohlich!" Was sie stammelte, konnten Göhlich und Schröder natürlich nicht verstehen, denn es war Khmer. Göhlich erhob sich, machte eine beruhigende Geste und ging zu seinem Zimmer. Nach wenigen Sekunden kam er wieder heraus und beruhigte Chantrea mit einem ‚okay, okay'.

„Was war das denn?" Schröder war fassungslos.

„Nichts Besonderes", sagte Schröder. „Ich hab ein bisschen Sherlock Holmes gespielt. Aber die Falle ist nicht zugeschnappt."

Göhlich experimentierte genießerisch mit der Geduld seines Freundes, bevor er sich näher erklärte. „Ich hatte mein Safe geöffnet. Extra. Alles lag drin. Auch 200 $ in Scheinen."

„Ja, und?"

„Leider sind es nicht mehr geworden. Aber die 200 liegen immer noch da. Du hast doch erlebt, wie Chantrea reagiert hat."

✶✶✶

„Das ist natürlich kein Beweis dafür, dass sie unschuldig ist!", meinte Nhean, als Dada ihm davon erzählte. Chantrea hatte ihr berichtet, was passiert war. Und sie hatte ihr nicht nur davon erzählt, sondern auch von ihrem schweren Gang zur Polizei. Mit klopfendem Herzen hatte sie sich durch eine Phalanx von schweren Motorrädern gezwängt, die auf dem Gehweg direkt vor dem Eingang geparkt waren, und dann mehr als eine Stunde warten müssen. Sie war die einzige neben fünf oder sechs Männern in Uniform, die hinter dem Tresen an einem Tisch saßen, in ihre Handys guckten und sich irgendwelche Snacks in den Mund schoben. Ein jüngerer stand schließlich auf und zitierte Chantrea zum Tresen, stellte ihr zwei oder drei Fragen und entließ sie dann mit der Ermahnung, sich nicht erwischen zu lassen.

„Du hast recht. Aber …", Dada hielt ein paar Sekunden lang inne und breitete dann voller Überzeugung ihre Sicht der Dinge aus, in der sie Chantrea als fleißiges, leider auch zu unterwürfiges und verängstigtes Mädchen schilderte, das niemals so einen Diebstahl begehen würde. „Das arme Ding musste sogar zur Polizei gehen. Sie hat sich furchtbar geschämt."

11

Sonnabendfrüh

Um viertel nach fünf piepte der Wecker. Es war noch dunkel; im Hotel rührte sich nichts. Aber Göhlich war sofort hellwach, griff nach seinem Handy und rief seinen Freund im Nebenzimmer an. Der brauchte etwas länger, um in die Wirklichkeit zurückzufinden. Und als er sich endlich meldete, brummte er mit unwilliger, schlaftrunkener Stimme: „Können wir das nicht verschieben?"

Göhlich hatte das erwartet und gab die Antwort, die er sich zurechtgelegt hatte: „Ich fahre um halb sechs. Wenn du das verschieben willst, mach das! Ich bin dir nicht böse." Sie klang überaus freundlich, seine Antwort, beinahe fürsorglich, fast mitleidig. Und ließ Schröder genau deshalb kaum eine Chance.

Um halb sechs, fast gleichzeitig mit Göhlich, zog auch er die Zimmertür hinter sich ins Schloss. Unternehmungslustig sah er nicht gerade aus.

„Frisch wie der helle Tag!", zog Göhlich ihn auf. Schröder war immerhin schon wach genug, um darauf nicht zu antworten.

Das Tuktuk, das sie vorbestellt hatten, wartete bereits. Und kaum hatten die beiden auf der Rückbank Platz genommen, raste es los in Richtung Angkor Wat. Es war noch überraschend kühl, beinahe kalt, und der Fahrtwind tat ein übriges: die beiden Freunde bereuten bald, dass sie nur im T-Shirt auf der Rückbank saßen. Und sie betrachteten voller Neid den Tuktukfahrer, der in einem dicken Pullover vor ihnen hockte.

Zu ihrer großen Überraschung waren sie nicht die einzigen, die schon unterwegs waren. Um die Zeit, hatten sie gedacht, liegen die Touris alle noch in ihren Betten. Aber da hatten sie sich getäuscht! Tatsächlich waren sie nur ein winziger Teil in einer Art Völkerwanderung der Tuktuks, die alle in dieselbe Richtung dröhnten. Und sie gewannen sehr bald den Eindruck, dass all die Tuktukfahrer nichts anderes im Kopf hatten als sich ein erbittertes Wettrennen zu liefern, was die unerwartete Kälte noch unangenehmer machte.

Endlich, der Tag deutete sich allmählich an, das dunkle Blau am Himmel hellte sich langsam auf, erreichten sie die Tempelanlage. Vor der Brücke über den Wassergraben, der sich rund um den Tempel zieht, parkten bereits dutzende Tuktuks, außerdem private PKWs und mehrere Kleinbusse. Viele, die unbedingt den berühmten Sonnenaufgang über den Türmen des Tempels beobachten wollten, waren sogar mit Fahrrädern gekommen.

Als Göhlich und Schröder die 5m hohe Vishnu-Statue im westlichen Eingang passiert hatten und wieder ins Freie hinaus traten, bot sich ihnen ein skurriles Bild: hunderte von Touristen hatten sich über den breiten Weg, der zum eigentlichen Tempel führt, und über die vertrockneten Rasenflächen verteilt. Die meisten von ihnen saßen auf Klappstühlen hinter den Stativen, die sie aufgestellt hatten. Oder sie standen gebückt dahinter, guckten durch den Sucher und justierten ihre Kameras immer wieder neu. Alle waren sie jedoch in Richtung Osten ausgerichtet, synchron wie in einem gut einstudierten Ballett.

„Dat jibbet jar nich!", sagte Göhlich. Was er da zu sehen bekam, erschien ihm wie ein geordnetes Chaos. Das Erstaunliche war, dass niemand redete. Es war still, atemlos still. Alle warteten auf das Großereignis.

Auch Schröder war beeindruckt. Der Hunger, den er im Tuktuk gespürt hatte, der tiefe Wunsch nach einem Becher heißen Kaffees, waren verschwunden. Er bereute nicht mehr, sich aus dem Bett gequält zu haben. Aber während er fast ununterbrochen zu den fünf Türmen hinüber starrte, hinter denen der Sonnenball in wenigen Minuten auftauchen musste, nahm er wahr, dass sich die Farbe des Himmels ganz allmählich veränderte: aus dem zuerst dunklen, dann heller werdenden Blau, auf dem vereinzelte rosa Streifen aufgetaucht waren, war nach und nach ein blasses Grau geworden. Und mit dieser Veränderung mussten sich auch die Erwartungen der Fotografen verändert haben, denn manche begannen bereits ihr Gerät wieder abzubauen. Sie packten die Kameras in ihre Taschen, schoben die Stative zusammen und verließen unverrichteter Dinge den Ort, von dem sie sich ein so spektakuläres Ereignis versprochen hatten. Viele nahmen die Sonne gar nicht mehr war, die jetzt hinter den Türmen hervorkroch. Sie war nicht der sehnlich erwartete, scharf umrissene Ball, der die Welt in ein rot-violettes Licht tauchte, sondern nur ein verschwommenes, blasses Gelb, das langsam höher kroch. Kein Fotomotiv!

„Ich hab Hunger", sagte Schröder, „lass uns irgendwo frühstücken."

Weiter nördlich, noch hinter dem Bayon-Tempel und gegenüber der Terrasse der Elefanten, setzte ihr Tuktukfahrer sie an einer Ansammlung von Restaurants ab, schnell aufgebauten Buden mit billigen Tischen und Holzbänken, wo die Betreiber jeden Gast mit mehr oder wenig gespielter Begeisterung begrüßten. Sie bestellten sich Omelettes. Und was sie bekamen, ließ sie das frühe Aufstehen, die morgendliche Kälte und das nicht stattgefundene Spektakel des berühmten Sonnenaufgangs vergessen. Denn das Omelette war nicht nur frisch und heiß, gespickt mit tiefbraunen Zwiebelstückchen, gefüllt mit winzigen Tomaten, Pilzen und Koriander, sondern es verströmte einen Geruch und offenbarte einen Geschmack, der sie das Ei allzu bald nicht mehr schnell kauen, sondern gourmethaft langsam zwischen Zunge und Gaumen zerdrücken ließ. Bei jedem Löffel - sie aßen mit Gabel und Löffel - rätselten sie, welchem Gewürz es den einmalig köstlichen Geschmack zu verdanken hatte. Schröder tippte auf indische Küche; er habe, erinnerte er sich, auf einer Gruppenreise in Kalkutta ein Curry gegessen, das genau diesen Geschmack gehabt habe. Einen Löffel später, nach längerem Schnuppern und Zungendrücken, verwies er auf Myanmar, auf einen Stand auf der Straße, wo er schon damals das Gefühl hatte, eine exotische Spezialität gekostet zu haben. Ja, jetzt erinnerte er sich: das sei in Bagan gewesen, und auch damals habe er ein Omelette gegessen. Das Gewürz müsse seinen Ursprung irgendwo im Bereich Nordindien, Bangladesh und Myanmar haben. Göhlich fragte schließlich das Mädchen, das sie bedient hatte. Als sie nach einigen Missverständnissen am Ende verstanden hatte, was die beiden Gäste wissen wollten, lachte sie befreit auf, eilte zu der offenen Küche, kam bald darauf mit einer kleinen, braunen Flasche zurück und hielt sie Göhlich unter die Nase. Der machte zuerst ein ungläubiges Gesicht und setzte dann ein solch breites Grinsen auf, wie es Schröder noch nie an ihm gesehen hatte. Und als das Mädchen dann auch ihm das Fläschchen zeigte, konnte er es nicht glauben. „Maggi!", stöhnte er. Es klang, als sei ihm nach tagelangem Ringen endlich das Wort eingefallen, nach dem er gesucht hatte.

Eine halbe Stunde später standen sie andächtig vor den mächtigen Wurzeln der Feigenbäume, die aus den Fensterlöchern von Ta Prohm bis zu einer Höhe von 30 Metern und mehr in den Himmel wuchsen. Der urgewaltigen Kraft dieser Wurzeln hatten auch die tonnenschweren Steinquader des Tempels nichts entgegenzusetzen, und im Lauf der Jahrhunderte hatten sie viele der Gänge, Mauern und Simse zum Einsturz gebracht. Die beiden Freunde konnten sich nicht sattsehen an diesem Phänomen. Doch während sie anfangs fast noch die einzigen Touristen waren, die sich über Steinplatten und durch halbdunkle Gänge fortbewegten und versuchten eine Vorstellung davon zu entwickeln, wie das Leben vor 1000 Jahren hier gewesen war, gingen sie schon ein Stunde später im Touristenstrom unter. Jetzt, angesichts der zahllosen Besucher, die über jeden Stein kletterten und mit den Händen über jedes Relief strichen, das aus den Steinen herausgearbeitet war, begriffen sie, warum viele Bereiche des Tempels abgesperrt waren. Es waren nicht nur das tropische Klima, die Sonne, die Feuchtigkeit und der Monsunregen, die ihr Zerstörungswerk betrieben.

„Ich hätte nichts gegen eine kleine Siesta", sagte Schröder, „lass uns zurückfahren ins Hotel."

Als Göhlich das Wort ‚Hotel' hörte, fiel ihm sofort sein

verschwundener Ring wieder ein. Irgendetwas muss ich tun, dachte er; tatenlos abwarten, ob Sok oder die Polizei irgendetwas erreichen, kann ich nicht.

„Ja, fahren wir zurück ins Hotel", stimmte er zu und nahm sich vor, selber aktiv zu werden. Einerseits war er dankbar, dass ihn der Ausflug nach Angkor abgelenkt hatte; er hatte den ganzen Morgen nicht eine Sekunde an den Ring gedacht. Doch jetzt war er unruhig. Bis zur Abreise war es nicht mehr so lang hin; er musste zumindest einen Versuch machen, den Fall zu klären.

12

Sonnabendmittag

Ebenfalls sehr früh am Morgen verließ auch ein roter Mercedes Cabrio die Stadt Siem Reap. Er fuhr über die Nationalstraße 6 Richtung Nordwesten bis Sisophon, bog dort am Markt nach links ab und raste dann über die 5 nach Süden.

Auf dem Beifahrersitz räkelte sich eine junge Frau: Vanna. Sie hatte ihre hochhackigen Schuhe abgestreift, das linke Bein angewinkelt, den Fuß auf dem Sitz, und betrachtete den Fahrer ohne jede Hemmung, ja: fast herausfordernd. Das ihm schien zu gefallen. Er hatte sich ebenfalls so lässig wie möglich auf den beigen Ledersitz gepflanzt, nur die linke Hand am Steuer, die rechte auf seinem Oberschenkel, eine brennende Zigarette zwischen Zeige- und Mittelfinger. Vanna wippte kaum merklich im Takt der süßlichen Musik-CD, die er eingelegt hatte, auf und ab und zog ihren kurzen, gelben Rock, wenn er dabei hoch rutschte, immer wieder über ihre Knie zurück. Sein kurzärmeliges, weißes Leinenhemd wirkte frisch; es zeigte keine Schweißflecken, obwohl die Außentemperatur die 30 Grad schon überschritten hatte. Aber die Klimaanlage des Autos arbeitete zuverlässig. Der Innenraum des Cabrios war angenehm kühl, aber nicht zu kalt wie oft in den Ländern Südostasiens, wenn es darauf ankam, besonderen Luxus zu demonstrieren.

Der Fahrer lenkte das Auto gleichbleibend zügig. Jedesmal, wenn ein Kind oder ein Hund oder Huhn vor dem Wagen auf die Straße lief, verringerte er vorsichtig die Geschwindigkeit, steuerte in sicherem Abstand vorbei und gab wieder Gas, genauso gefühlvoll, wie er vorher abgebremst hatte. Er war, so schien es, ein geduldiger, umsichtiger Mann. Doch das täuschte. Denn diese Rücksichtnahme beschränkte sich auf nur wenige Gelegenheiten, von denen diese Fahrt eine war. Er zeigte sie nur dann, wenn er damit ein ganz bestimmtes Ziel verfolgte.

Als Vanna in seinen Wagen einstieg, war ihr der leichte Moschusgeruch aufgefallen, der ihn umgab. Er hatte sich parfümiert. Diskret, nicht aufdringlich. In dieser Hinsicht war er ähnlich geschickt wie sie, die sich sehr dezent, sehr zurückhaltend zurechtgemacht hatte. Die violetten Töne, in denen Lippen und Wangen gefärbt waren, unterschieden sich voneinander, was man allerdings nur erkennen konnte, wenn man genau hinguckte. Sie passten auf reizvolle Art zu dem mattgrünen T-Shirt, das sie auch heute wieder trug, und zu ihrem kurzen, gelben Rock. Diese Zusammenstellung der Farben fiel auf, sie war mutig, aber keineswegs geschmacklos. Selbst ein kleines, goldenes Ledertäschchen, das sie in Händen auf ihrem Knie hielt, passte dazu.

Beide schwiegen. Beide waren selbstsicher genug, ihre Erscheinung auf andere Personen wirken zu lassen, ohne etwas zu sagen. Beide konnten sie die Blicke, die sie einander zuwarfen, aushalten. Die Augen des Fahrers wanderten ständig zwischen der Straße vor ihnen und seiner Beifahrerin hin und her; sie strahlten eine Art berechnender Bewunderung aus. Seine taxierenden Blicke schienen sie zu beurteilen und zu bewerten.

Nach der Abbiegung in Sisophon und bis kurz vor der Ankunft in Battambang hatten sie kaum ein Wort miteinander gewechselt. Sie hatten die Spannung auf sich wirken lassen, die auf der gemeinsamen Fahrt intensiver geworden war.

„Wir sollten etwas essen", sagte Yan, als sie langsam in die Stadt rollten. Ein ruhiges, sehr friedlich wirkendes Städtchen, auf dessen Straßen kaum Verkehr herrschte. Sie suchten sich einen Parkplatz am Zentralmarkt, gingen die paar Schritte zum Fluss und setzten sich auf die Gartenterrasse eines kleinen Restaurants.

„Die Chinesen sind immer pünktlich; wir sollten nach dem Essen sofort weiterfahren", sagte er und schaute sie eindringlich an. „In Sihanoukville haben wir mehr Zeit."

Sie glaubte zu wissen, was er damit meinte, und sah ihm unverhohlen ins Gesicht. Er hatte ihr ein außergewöhnliches Wochenende versprochen, zwei Tage ohne Zimmer putzen und Betten machen. „Da lernst du das Leben von der anderen Seite kennen!" Sein Gespräch mit den chinesischen Geschäftspartnern würde kaum mehr als eine Stunde dauern, und danach würden sie es sich gut gehen lassen. Sie müsse sich um nichts kümmern, sondern alles nur ihm überlassen. Als er das sagte, hatte er sie andeutungsweise umarmt, und sie hatte den leichten, aber unmissverständlichen Druck wahrgenommen, den seine Hand dabei auf ihre Hüfte ausgeübt hatte. Wie sich zeigen sollte, hatte sie ihn richtig verstanden.

„Meine Freunde werden dir deinen Wunsch erfüllen", versprach er, als sie wieder im Auto saßen, „gleich morgen nach dem Frühstück werde ich das erledigen. Heute haben wir keine Zeit mehr dazu." Sie nickte, sagte jedoch nichts.

Er fuhr jetzt sehr schnell. Bis Sihanoukville waren es knapp 500 km Landstraße; er hatte sich mit den Chinesen für den Abend verabredet und durfte auf keinen Fall zu spät kommen. Die Sonne schien ihnen direkt ins Gesicht, und die zunehmende Hitze draußen war durch die Frontscheibe zu spüren, trotz Klimaanlage und Sichtschutz. Vanna, die nichts zu tun hatte, wurde allmählich müde. Die Augen fielen ihr immer wieder zu, bis sie schließlich ganz einschlief. Sie schlief auch weiter, als Yan eine kurze Rast einlegte, um einen Kaffee zu trinken. Erst als sie auf der NR 53 waren und Phnom Penh weiträumig umfuhren, wachte sie wieder auf.

„In Sihanoukville bleibst du im Hotel, bis ich mit den Chinesen gesprochen habe. Danach hole ich dich ab." Sie nahm zum ersten Mal den gebieterischen Ton wahr, in dem er das sagte. „Wir gehen irgendwo am Strand essen, und dann machen wir es uns gemütlich."

Am Kreisverkehr mit den zwei Goldenen Löwen bogen sie rechts ab und hielten kurz darauf vor dem Hotel, das ihm selbst gehörte, und wo er ein großes Zimmer mit Blick auf den Sokha Beach reserviert hatte. Er war aber in Eile, die Chinesen warteten, und bald wieder verschwunden.

Zwei Stunden später, als er zurück kam, hatte er schlechte Laune. Die Chinesen hatten ihn über den Tisch gezogen.

„Du hast keine Chance gegen sie", sagte er mürrisch. „Sie haben die ganze Stadt in der Hand."

„Was habt ihr denn besprochen?", fragte seine Begleiterin.

„Sie wollen mein Hotel kaufen. Genauso, wie sie schon

fast die ganze Stadt gekauft haben. Aber sie haben mir einen Preis geboten, der kaum der Rede wert ist."

„Dann verkauf doch nicht!"

„Du hast gut reden! Weißt du, was sie dann machen? Sie haben es mir gesagt: Sie buchen keine Zimmer mehr bei mir. Sie bringen ihre Leute in ihren eigenen Hotels unter, davon haben sie ja inzwischen genug. Und dann trocknen sie mich aus." Er schüttelte den Kopf. „Hast du das nicht gesehen? Am Flughafen parken fast nur noch chinesische Flieger; am Wochenende ist alles voll davon. Die bringen ihre Leute in Massen hierhin. Kurzurlaub. Zwei Nächte. Fressen, saufen, Spielkasino. Bald ist hier alles chinesisch. Und in Kampot werden sie dasselbe machen: zuerst großzügig Kredite vergeben, und wenn die nicht zurückgezahlt werden, sacken sie alles ein."

Vanna schwieg. Was sollte sie dazu sagen? Sie verstand das ja gar nicht. Ein ganzes, großes Hotel wie dieses zu besitzen, in dem sie waren, konnte sie sich überhaupt nicht vorstellen. Und was ein Kredit ist und warum er zurückgezahlt werden muss, war ihr auch nicht klar. Nur dass es in Sihanoukville überall sehr chinesisch aussah, das war ihr auf der Fahrt durch die Stadt schon aufgefallen. Aufschriften und Plakate in der Khmer-Sprache waren nicht mehr selbstverständlich. Viele Hotels, viele Geschäfte warben mit chinesischen Schriftzeichen.

Yan hatte sich in Wut geredet. Und er hatte keine Lust mehr, am Strand essen zu gehen, wie er es geplant hatte. Er bestellte ein Flasche Mekhong-Whisky mit Cola und Eis aufs Zimmer und ließ auch das Abendessen dorthin kommen. Seine Begleiterin, die sich einen besonderen Abend im Restaurant und später vielleicht in einer Diskothek versprochen hatte, war enttäuscht, unzufrieden. Sie konnte ihn nicht daran hindern, den Whisky in sich hinein zu schütten und sich über die Chinesen auszulassen. Ihre Vorschläge, woanders hin zu gehen, überhörte er. Und als er schließlich zudringlich wurde, wusste sie sich nicht zu helfen. Sie hatte Angst. Es blieb ihr nur, sich damit abzufinden und Schlimmeres zu verhindern. Und sie war froh, als er bald einschlief. Setzte sich auf den Balkon, guckte in den Himmel und aufs Meer und hörte das entfernte Gestampfe westlicher Musik, die aus irgendeiner Disco drang.

Am Morgen hatte er seine Galanterie zurückgewonnen. Nach dem Frühstück zeigte er ihr vom Auto aus die Stadt und parkte den Wagen schließlich vor einer Villa in der Nähe des Wat Krom. „Du bleibst sitzen!", sagte er, stieg selbst aus, drückte einen goldenen Klingelknopf neben einer kupferfarbenen Toreinfahrt und sprach etwas in ein Mikrofon. Daraufhin öffnete sich langsam das Tor und er schritt hindurch. Das Tor schloss sich wieder.

Vanna wartete. Eine Stunde. Zwei Stunden. Im Auto wurde es heiß. Zwar stand es im Schatten, aber die Klimaanlage lief nicht mehr. Und draußen sammelten sich immer mehr Kinder und tuschelten über die Frau, die nicht ausstieg. Neugierig starrten sie ins Auto hinein. Zuerst von weitem. Doch nach und nach kamen sie näher und stachelten sich gegenseitig zu kleinen Mutproben an, klatschten mit den Händen an die Fenster oder setzten sich auf die Stoßstangen. Vanna blieb lange ruhig, doch schließlich wurde es ihr zu lästig. Sie riss die Tür auf und versuchte die Kinder zu verscheuchen, aber das gelang ihr nicht. Im Gegenteil: nach dem kleinen Schrecken, den sie bekommen hatten, kehrten sie zurück und machten sich einen Spaß daraus ihre Nasen an den Fensterscheiben platt zu drücken. Sie hatten verstanden, dass Vanna nicht viel dagegen unternehmen konnte.

Erst als sich das kupferfarbene Tor surrend öffnete und Yan erschien, rannten die Kinder in alle Richtungen davon.

Als er den Motor gestartet hatte, guckte er Vanna siegessicher an. Dann zog er fünf 100-Dollar-Scheine aus der Tasche und drückte sie ihr in die Hand. „Was ich verspreche, halte ich!", sagte er. Sie dankte ihm mit einem etwas erzwungenen Lächeln. Dann ließ sie das Geld schnell in ihrer Handtasche verschwinden.

✶✶✶

Seit zwei Tagen war Nhean nicht mehr aus dem Kopf gegangen, was Dada ihm gesagt hatte: „Wir dürfen Chantrea mit diesem Verdacht nicht allein lassen. Sie hat den Ring bestimmt nicht gestohlen. Aber wenn die Polizei will, dass sie schuldig ist, dann ist sie es auch. Willst du das?"

Natürlich wollte er das nicht. Und auch, wenn er Chantrea gar nicht kannte: so, wie Dada und Kunthea sie schilderten und sich für sie einsetzten, konnte sie keine Kriminelle sein. Aber was sollte er tun? Er zerbrach sich den Kopf und fand keine Antwort. Bis Kunthea ihn, wie schon oft, mit einem unerwartet schlichten Vorschlag überraschte. „Fahr doch einfach mal nach Phoum Pradak und rede mit ihrer Mutter." Wieso mit der Mutter, dachte

Nhean. Die kenn ich doch auch nicht. Und was sollte die mir schon sagen?

Zumindest was ihren Mann anbelangte, konnte Kunthea Gedanken lesen. „Irgendwie wirst du schon mit ihr ins Gespräch kommen. Und wer weiß: vielleicht ergibt sich dann irgendwas. Du musst einfach irgendwo anfangen."

Während Vanna in Sihanoukville in einem völlig überhitzten Auto saß und missmutig auf Yan wartete, war Nhean also auf seinem Moped unterwegs nach Phoum Pradak. Er ließ sich Zeit. Nicht nur, weil seine Kiste schon älter war und ihr Geschwindigkeiten von mehr als 25 km/h schwer fielen, sondern auch, weil er gar nicht wusste, wo genau Chantrea wohnte. Und worüber er mit ihrer Mutter sprechen sollte. Und noch wichtiger: wie er überhaupt an sie rankommen sollte. Er hatte sie ja noch nie gesehen, geschweige denn gesprochen. Kunthea, seine Frau, hatte gut reden. Sie sah niemals irgendwelche Schwierigkeiten voraus. Aber vielleicht war gerade das der Grund dafür, dass sie gar keine hatte.

Insgeheim fühlte er sich allerdings geschmeichelt, dass sie ihn so drängte, sich um den Fall zu kümmern. Er spürte das Vertrauen, das sie in ihn setzte. Ihre Hoffnung, dass er etwas für Chantrea tun könnte. Und es hatte ihn am Ende keine Überwindung gekostet, sich auf den Weg zu machen.

Als er Phoum Pradak erreichte und von der Straße nach links auf den Zufahrtsweg abbog, den Dada ihm beschrieben hatte, tuckerte er unentschlossen den Weg zwischen den Bäumen entlang und hielt ohne besondere Absicht an einer kleinen Baustelle. Er wusste selber nicht, warum; vielleicht wollte er nur etwas Zeit gewinnen. Die beiden Männer, die dort arbeiteten, schienen dankbar für die Abwechslung zu sein; sie hielten sofort in ihrer Arbeit inne und wandten sich ihm zu.

„Sou sdey!"

Nhean grüßte erfreut zurück und fragte sie höflich nach ihrem Befinden. Sie gaben bereitwillig Auskunft und berichteten, dass sie an einem Brunnen arbeiteten. Und nach kurzer, verlegener Stille, in der keiner so recht wusste, was er sagen sollte, forderten sie ihn auf, vom Rand des Brunnenschachtes einen Blick in die Tiefe zu werfen. Nhean trat vorsichtig näher, und als er in die schier endlose Schwärze blickte, schüttelte es ihn, und er wich schnell wieder zurück. Die beiden Arbeiter lachten. „Alle haben Angst! Alle!" Man konnte ihren Stolz darüber heraushören, dass sie selbst natürlich keine Angst hatten.

Nhean nickte. Dabei hatte er gar nicht mehr gehört, was die Arbeiter gesagt hatten; seine Gedanken waren ganz woanders. Ihm war nämlich immer noch nicht so recht klar, wie er weitermachen sollte. Das Nicken war nur der Ausdruck seiner gedanklichen Abwesenheit. Erst als ihm nach einigen Augenblicken bewusst wurde, dass die Arbeiter, ihm zugewandt, schwiegen und ihn nur noch verwundert anstarrten, lächelte er sie verlegen an und schob sein Moped langsam weiter. Schüttelte unmerklich den Kopf über diesen Mann, der ziellos unterwegs war, und der er selber war. Was hatte er sich eingebildet, als er hierher gefahren war?

Nichts war zu hören außer dem Rascheln der trockenen Blätter, über die er sein Moped schob. Ein paar Meter nur ging er noch weiter, bevor er endgültig stehenblieb. Er hatte die Alte bemerkt, die nicht allzu weit entfernt vor einer Hütte saß und sich über eine Liege beugte, auf der, soweit er erkennen konnte, ein zusammengekrümmter Körper lag. Aus irgendeinem unerklärlichen Grund war es ihm unangenehm, weiterzugehen; er wendete sein Moped und schob es zurück in Richtung Straße.

„Die liegt schon seit drei Tagen da", sagten die beiden Arbeiter beinahe im Chor, als Nhean möglichst schnell an ihnen vorbei wollte. Sie hatten beobachtet, dass die Alte wohl der Grund für Nheans plötzlichen Rückzug war.

Er stutzte. Hatte Dada nicht erzählt, fiel ihm ein, dass Chantrea am Mittwoch nicht gearbeitet, sondern nach Hause gefahren war um ihre Mutter zu pflegen? Auf gut Glück fragte er die Arbeiter: „Wohnen die beiden ganz allein dort?"

„Nein", antwortete einer, „da sind noch zwei kleine Jungen. Und nachmittags kommt die Tochter nach Hause und kümmert sich um sie."

In Nhean jubilierte es. „Chantrea?", fragte er, um sicher zu gehen. Die beiden zuckten mit den Schultern. „Hübsches Mädchen!", sagte der eine, „aber schüchtern" der andere. Man konnte heraushören, dass er es anerkennend meinte.

Nhean wechselte aus Höflichkeit noch ein paar Worte mit den beiden, ließ sein Moped stehen und schlenderte dann zurück zu der Alten und der Kranken. Er sah die Chance, die sich ihm bot, und wollte sich später nicht sagen müssen, sie verpasst zu haben.

„Sou sdey!"

„Sou sdey!", erwiderte die Alte und machte ein fragendes Gesicht.

„Deine Tochter?" Nhean deutete auf die liegende Frau.
„Ja."

„Chantreas Mutter?"

Die Alte war verblüfft. „Woher …"

Nhean erklärte ihr schnell, woher er Bescheid wusste. Und was Dada erzählt hatte. Dass Chantrea ja am Mittwoch sogar so früh wieder nach Hause gefahren sei, um ihre Mutter zu unterstützen… Er machte mit Absicht eine kleine Pause nach dieser Bemerkung. Aber er hörte weder einen Kommentar noch einen Widerspruch. „Gute Tochter", sagte er. Die Alte warf ihm einen freundlichen Blick zu. „Aber die Arbeit im Hotel ist schwer, oder?"

Nhean fühlte Erleichterung, dass er mit Chantreas Großmutter so leicht ins Gespräch kam, auch wenn er noch nicht wusste, wohin es führen sollte. Er schaute sie aufmunternd an. Das gefiel ihr. Und sie legte ihre Zurückhaltung allmählich ab.

„Ohne Chantrea wäre es schwer." Sie bückte sich über die Kranke auf der Liege. „Meine Tochter hat keine Arbeit, und ich kann auch nicht viel beitragen. Nur Chantrea bekommt regelmäßig Lohn. Wir hoffen alle, dass es so bleibt."

Nhean horchte auf. Warum hofften sie das? Gab es Zweifel daran?

„Ich mache mir Sorgen um sie", der Großmutter tat es gut, ein bisschen zu reden, „weil sie nur arbeitet und arbeitet und nichts anderes hat."

Nhean nickte zustimmend.

„Und das in ihrem Alter. Sie ist 17!"

Chantreas Mutter seufzte im Schlaf.

„Jetzt muss sie sich auch noch um ihre Mutter kümmern.

Und am Mittwoch hat sie nichts verdient. Aber dafür kann sie heute arbeiten. Vanna hat sie gefragt."

Nhean konnte nicht mehr richtig zuhören, weil die Kranke immer wieder aufstöhnte.

„Da hat sie Glück gehabt. Und wir natürlich auch." Sie zögerte. „Nur dieser Sok … kennst du ihn?"

Nhean zuckte zusammen. „Ja, ja, ich kenne ihn. Chantreas Chef!"

„Ja. Chantrea hat Angst vor ihm."

„Warum?" Nhean war plötzlich hellwach.

„Er ist hinter jungen Frauen her. Man muss aufpassen."

„Aber es ist noch nichts passiert?"

„Nein."

Nhean entgegnete nichts darauf. Er wusste immer noch nicht so recht weiter. Immerhin war die kranke Mutter keine Ausrede für den Arbeitstausch, den Chantrea und Vanna am Mittwoch vorgenommen hatten. Das hatte er nun selbst gesehen. Er suchte nach einer Möglichkeit, das Gespräch zu beenden, schaute auf seine Uhr und räusperte sich unentschlossen.

„Wohin fährst du?", fragte die Alte, die Nheans plötzliche Ungeduld wahrgenommen hatte. „Nach Siem Reap." Nhean war ihr dankbar. Er verabschiedete sich, ging zurück zu seinem Moped und fuhr davon. Zufrieden war er nicht.

Im Gegenteil: Er ärgerte sich.
Was hatte er falsch gemacht?

Auf dem Weg zurück versenkte er sich tief in ein Selbstgespräch, machte sich Vorwürfe und versuchte sich noch im selben Atemzug zu entlasten. Nichts hatte sich im Gespräch ergeben, wie Kunthea behauptet hatte, gar nichts! Und nun stand er da und wusste nicht weiter. Ratlos, ideenlos.

Der qualvolle Gedanke allerdings, dass es auf ihn vielleicht gar nicht weiter ankäme und keine Hilfe von ihm zu erwarten sei, der begann an ihm zu nagen. Er weckte seinen Ehrgeiz und mobilisierte seine Tatkraft. Nein, er durfte nicht gleich am Anfang aufgeben. Vielleicht hatte Kunthea ja doch recht, wenn sie darauf setzte, dass sich irgendwann schon irgendetwas ergeben würde. Aber erst auf dem Sivutha Boulevard in Siem Reap, kurz vor seinem Zuhause, als er, tief in seine Gedanken verstrickt, beinahe auf ein Tuktuk auffuhr, war Schluss mit seinem selbstmitleidigen Gegrübel. Er fasste einen Entschluss. Fuhr an der Sok San Road, in der er wohnte, einfach vorbei und weiter auf der 63 am Fluss entlang Richtung Tonle Sap, dem Großen See.

Die Straße zum See ist gesäumt von ein- und zweistöckigen Häusern. Handwerksbetriebe, Motorradwerkstätten, Lebensmittelgeschäfte, Kunsthandwerker. Und weil sie am Fluss entlangführt, ist sie grün. Überall wachsen Büsche und Bäume, und wo der Fluss eine Biegung macht, breiten sich kleinere Sumpflandschaften aus. Je weiter man sich entfernt von Siem Reap, desto ärmlicher werden die Häuser. Und noch bevor die Straße eine Rechtskurve nach Westen macht, noch vor den Zuchtfeldern für Lotusblumen, die sich schier endlos über das flache, sonnenverbrannte Land ausdehnen, steht das

Häuschen, in dem Vanna mit ihrer Mutter wohnt. Nhean fand es sofort; es war grell violett gestrichen. Das wusste er. Dada hatte sich mal darüber lustig gemacht. „Entweder war das ein Sonderangebot", hatte sie im Hinblick auf die üppig aufgetragene Farbe orakelt, „oder die Feministinnen sind jetzt auch in Kambodscha angekommen!"

Als Nhean vor dem Häuschen anhielt und sein Moped unter einem Baum neben der Eingangstür abstellte, erschien dort sofort eine Frau.

„Sou sdey!", murmelte sie sichtlich verunsichert. Sie hatte den Mann noch nie gesehen.

„Sou sdey! Ist Vanna zu Hause?"

Diese Frage war nicht geeignet, das Misstrauen der Frau zu zerstreuen.

„Wer bist du?", fragte sie.

Nhean stotterte ein wenig herum, bevor er endlich seinen Namen nannte und seine Frage nach Vanna wiederholte. Die Frau, Vannas Mutter, zögerte kurz und machte dann Anstalten, sich ins Haus zurückzuziehen. Nicht noch einmal, sagte sich Nhean.

„Im ‚Jayavarman VII' hat es einen Diebstahl gegeben. Ich wollte Vanna ein paar Fragen stellen."

Die Mutter erschrak. „Bist du von der Polizei?"

Nhean war froh, das mit Überzeugung verneinen zu können. „Ich kümmere mich privat darum. Dada, die Köchin, hat mir erzählt, dass die Zimmermädchen verdächtigt werden."

„Vanna klaut nicht!", sagte ihre Mutter.

„Das glaube ich auch. Ich dachte nur, sie könnte mir einen Tipp geben."

Die Frau wurde etwas zugänglicher und ging einen

Schritt auf Nhean zu.

„Was ist denn geklaut worden?"

„Ein wertvoller Ring."

„Von wem?"

„Einem Touri."

„Chinese?"

„Nein. Deutscher."

Die Mutter kam noch einen Schritt näher. „Vanna ist nach Sihanoukville. Zu ihrem Bruder. Mit dem Bus." Sie näherte sich ein weiteres Stück, bis sie nahe genug war um im Flüsterton zu sagen: „In Sihanoukville sind die Chinesen. Die ganze Stadt wird chinesisch. Mein Sohn hat in einem Restaurant gearbeitet. Die mussten zumachen, und jetzt hat er keine Arbeit mehr. Alles chinesisch." Sie hob beschwörend die Hände. „Die machen alles kaputt. Und wir Khmer verkaufen uns." Sie spuckte auf den Boden. „In Kampot geht es auch schon los."

So abweisend sie noch vor zwei Minuten war, so gesprächig wurde sie plötzlich. Wechselte aus dem Flüsterton in wütendes Gekeife. Steigerte sich hinein in heftige Anschuldigungen und ließ kein gutes Haar an den Chinesen. Nhean blieb keine Wahl, er musste sich die Beschimpfungen, in die sie sich immer weiter verstieg, anhören. Aber sie hatte ja recht. Es stimmte, dass die Chinesen immer mehr kostbares Land an sich rissen, weil die Eigentümer ihre Kredite nicht zurückzahlen konnten. Nur wollte er das unter diesen Umständen nicht im Einzelnen diskutieren. Schon gar nicht jetzt. Erst als Vannas Mutter von einer Nachbarin angesprochen wurde, die irgendetwas von ihr wollte, nutzte er die Gelegenheit, verabschiedete sich hastig und sah zu, dass er wegkam.

13

Sonnabendnachmittag

„Enääh!"

Es klang nicht nur so, es war auch rheinisch. Ungläubiges Kopfschütteln und theatralische Abwehrhaltung inclusive. Aber wer die Rheinländer kennt, weiß, dass es nie so gemeint ist. Es steckt immer ein bisschen Überraschung darin, ein Schuss Ironie. So war es auch bei Göhlich, als er die Mail las, die ihm seine Frau geschrieben hatte.

„Wat is?" Schröder machte es Spaß, im selben Ton zu reagieren. Seine Schulzeit in Düsseldorf war lang genug gewesen, und er hatte den rheinischen Dialekt nicht vergessen. „Wat hätt se jeschriwwe?"

„Ob der Ring noch an meinem Finger steckt."

„Wie bitte?"

„Ob der Ring noch an meinem Finger steckt. Oder ob ich inzwischen anderweitig vergeben sei."

Schröder blieb der Mund offen stehen. „Hat sie einen siebten Sinn?"

„Nicht dass ich wüsste. Sie will mich nur ein bisschen foppen. Sie kann ja gar nicht wissen, dass sie mitten ins Schwarze getroffen hat."

„Mit dem Ring? Oder dem ‚anderweitig'?"

Göhlich war nicht zum Scherzen zumute. „Im Ernst", sagte, er, „ich glaub, ich muss mich selber mal darum kümmern. Von Sok ist nichts zu erwarten, und von der Polizei schon gar nicht! Und bis Mittwoch ist es nicht mehr lang." Für Mittwoch hatten die beiden den Rückflug nach Hause gebucht.

„Aber was willst du machen?"

Es war eine rhetorische Frage. Eine Frage auch an sich selbst, die Schröder gestellt hatte. Und gleich darauf lieferte er die Antwort, von der er bis vor einer Sekunde noch nichts gewusst hatte. Oder zumindest die Richtung, in der man suchen müsste. „Es kann ja eigentlich nur eine von den beiden Zimmermädchen gewesen sein. Chantrea oder Vanna." Er wischte sich mit der Hand über die Stirn, denn es war heiß, auch im Schatten am Pool. „Warum haben die beiden eigentlich die Arbeit getauscht?"

„Weil Chantrea zu ihrer Mutter musste."

„Weil sie krank ist?"

„Ja."

„Müsste man mal überprüfen, ob das stimmt."

Göhlich guckte ihn verblüfft an.

„Warum? Was hat das mit meinem Ring zu tun?"

„Jaaa …" Schröder zog die Grimasse, die seine Schüler immer zu sehen bekamen, wenn sie sich besonders begriffsstutzig angestellt hatten. „Es könnte doch sein, verehrter Herr Göhlich, dass die Verdächtigte, also Chantrea, die Krankheit ihrer Mutter nur vorgeschoben hat, weil sie nach dem Diebstahl - vorausgesetzt, sie war es - das Hotel möglichst schnell verlassen wollte. Nehmen wir mal an, um sich des Rings erst einmal zu entledigen. Sprich: ihn an einem sicheren Ort zu hinterlegen."

„Jawohl, Herr Schröder", sagte Göhlich, „nehmen wir einmal an, dass es so gewesen ist. Wie wollen Sie das denn überprüfen?"

„Einfach hinfahren." Schröder kehrte zurück in die sprachliche Normalität.

„Weißt du denn, wo sie wohnt?"

„Könnte man ja rauskriegen."

Er erhob sich von seiner Liege und entfernte sich Richtung Rezeption. Da bin ich aber gespannt, dachte Göhlich. Er schloss die Augen und harrte der Dinge, die da kommen sollten. Sie kamen in Gestalt eines Zettels, den Schröder seinem Freund in die Hand drückte, als er schon bald wieder zurückkam. ‚Phoum Pradak', las Göhlich, sonst nichts.

„Was ist das?"

„Ein winziges Dorf, nur ein paar Hütten. Da wohnt sie mit ihrer Mutter und Großmutter und zwei Brüdern."

„Woher weißt du das?"

„Von dem kleinen, freundlichen Menschen in der Rezeption."

Göhlich überlegte.

„30 Minuten mit dem Tuktuk", erklärte Schröder; er hatte sich erkundigt. Aber Göhlich zögerte. „Willst du wirklich nochmal los?" Sie waren den ganzen Vormittag bei den Tempeln gewesen, waren unendlich viele steile Stufen hinauf- und hinabgestiegen und hatten sich auf einen ruhigen Nachmittag am Pool gefreut…

Kurz darauf waren sie unterwegs. Der Tuktuk-fahrer hatte mehr als einmal nachgefragt, ob es wirklich dieses Dorf war, wo die Germans hin wollten. Aber eine Verwechslung war unwahrscheinlich, Schröder hatte sich den Namen auch in Khmer aufschreiben lassen. Und der Tuktukfahrer fuhr tatsächlich den Weg, den google maps vorschlug; Göhlich verfolgte ihn auf seinem Handy. Bis sie nach ziemlich genau einer halben Stunde die Straße verließen und in weniger als Schrittgeschwindigkeit über den Weg ins Dorf rumpelten. Im Kampf mit den Bodenwurzeln drohte das Tuktuk auseinander zu brechen; sämtliche Metallteile schienen sich selbständig machen zu wollen. Die Deutschen mussten sich mit beiden Händen festhalten, bis das Tuktuk bei den Brunnenbauern endlich zum Stehen kam.

Die Arbeiter wunderten sich über den zweiten ungewöhnlichen ‚Besuch' an diesem Tag, und der eine von ihnen zeigte sofort und ungefragt auf eine Hütte, vor der eine Person auf einer Liege im Schatten lag. Als Göhlich und Schröder sich ihr näherten, trat eine alte Frau aus der Hütte. „Chantrea?", fragte Göhlich. Die Alte zeigte in die Richtung, aus der die beiden gekommen waren. „Chantrea no!" Und dann auf die Frau auf der Liege, die offensichtlich krank war: „Mama Chantrea".

„Thank you!", sagte Göhlich höflich und verabschiedete sich von der Großmutter mit einem freundlichen Blick.

„Quod erat demonstrandum!", sagte Schröder. Und sie fuhren zurück ins Hotel.

✦✦✦

„Was machen die denn da?"

Als sie sich an der Rezeption ihre Zimmerschlüssel aushändigen ließen, fielen ihnen die beiden Männer auf. Sie standen direkt am Pool, nur einige Meter von Zimmer 31 entfernt und guckten, während sie miteinander sprachen, immer wieder auffällig dorthin. Der eine war Sok. Den anderen, ein älterer Mann, kannten sie nicht.

Sok schien sehr erregt zu sein. Er fuchtelte ungestüm mit den Armen durch die Luft und fuhr sich immer wieder mit den gespreizten Fingern seiner rechten Hand durch die Haare. Der andere war ruhiger. Er hörte zu. Als Sok die beiden Deutschen bemerkte, brach er das Gespräch im selben Augenblick ab und verschwand beinahe fluchtartig irgendwo im hinteren Teil des Geländes. Der Unbekannte, irritiert über das unerwartet plötzliche Ende des Gesprächs, schüttelte den Kopf, drehte sich um und kam gedankenverloren direkt auf sie zu. Er schien das Hotelgelände verlassen zu wollen, besann sich aber, als er sie entdeckte, eines anderen, blieb stehen und sprach sie unvermittelt an. In Englisch. In gutem Englisch. Ob sie aus Deutschland kämen?

„Ja", antworteten beide wie aus einem Mund und waren gespannt auf das, was nun kommen würde.

„Ich heiße Nhean." Er deutete einen Wai an. „Der Manager hat mir gerade erzählt, dass einem Deutschen ein Ring gestohlen worden ist. Sind Sie das?"

„Ich", sagte Göhlich. Für einen kurzen Moment hoffte er, dass Nhean mehr wüsste, aber er wurde schnell enttäuscht.

„Ich kann Ihnen leider nichts darüber sagen. Außer …"
„Außer was?"

„Außer, dass ich die Sache gerne aufklären würde."

Nhean wunderte sich nicht über das Misstrauen der Touristen und erklärte sich näher. „Ich weiß, dass eines der Zimmermädchen verdächtigt wird. Und meine Frau und ihre Freundin, die hier im Hotel arbeitet, sind beide überzeugt, dass sie es nicht gewesen sein kann…"

„Chantrea?", unterbrach ihn Göhlich.

„Ja, Chantrea. Ich kann mir nicht denken, dass sie so etwas machen würde." Nhean setzte abrupt ein Lächeln auf und wechselte das Thema. „Haben Sie schon alle Tempel gesehen?"

Schröder verneinte. „Ich glaube, das kann man in einer Woche nicht schaffen. Welchen sollten wir denn auf keinen Fall auslassen?"

„Ta Nei!" Die Antwort kam innerhalb einer Zehntelsekunde.

„Da waren wir. Das ist doch der fast komplett eingestürzte Tempel in dem kleinen Wäldchen …"

Nhean wurde auf einmal ganz verlegen. „Ich war selber noch nicht da", erklärte er ganz verschämt, „aber meine Frau Kunthea schwärmt immer von ihm." Dann fiel ihm etwas ein, und er nahm einen Anlauf in eine ganz andere Richtung: „Darf ich Sie etwas fragen?"

Er durfte. Tat sich aber schwer damit.

„Meine Kunthea sammelt Souvenirs aus dem Ausland. Keine großen Dinge, nur so ganz kleine. Irgendetwas, was nichts kostet. Hätten Sie da vielleicht was?"

Göhlich guckte Schröder an und Schröder Göhlich. Komisches Hobby, dachten beide. Aber irgendwie rührend.

„Wir können ja selber kaum reisen, schon gar nicht ins Ausland", sagte Nhean.

„Moment!" Göhlich lief hinüber zu seinem Zimmer und kam grinsend mit etwas in der geschlossenen Hand zurück. „So etwas?" Er öffnete langsam seine Hand, und darin war ein Streichholzbriefchen mit einer Werbung für ‚Diebels Alt', das Düsseldorfer Bier. Göhlich erklärte

Nhean, um was es sich handelte, und Nhean bedankte sich mit einem überwältigenden Gefühlsschwall dafür, der in keinem Verhältnis zu dem Mini-Geschenkchen stand. Als er sah, wie Nhean sich darüber freute, hatte Schröder eine Idee: „Dürfen wir Sie zu einem Kaffee einladen?"

Aus dem Kaffee wurde ein halbes Abendessen. Und die Unterhaltung mit Nhean, so empfanden es Göhlich und Schröder sehr bald, zu einem ihrer schönsten Urlaubserlebnisse. Endlich hatten sie den Kontakt mit einem ‚echten' Einheimischen, so wie Göhlich es sich gewünscht hatte.

Nach dem Kaffee bestellten die Deutschen Gebäck, frische Mangos und eine Art Waffeln. Nhean erzählte mit Begeisterung kleine Geschichten aus dem Alltag in Siem Reap, eine nach der anderen, und Göhlich und Schröder lernten an diesem Nachmittag mehr über die Khmer und ihr Land als in ihrer ganzen bisherigen Zeit in Kambodscha. Irgendwann kamen sie dann auch wieder auf den Diebstahl zu sprechen. „Ich vermute, dass es Vanna war", sagte Göhlich. „Beweise hab ich natürlich nicht, aber mein Gefühl … sie ist so offensiv." Er dachte an ihr Auftreten in Soks Büro, bei dem kleinen Verhör. Und an ein weiteres, das er vor wenigen Stunden mit Staunen beobachten konnte. „Heute morgen hat sie jemand mit einem roten Mercedes abgeholt. Ein ziemlich selbstbewusster Mann." Er erinnerte sich genau an die auffallend hohen Absätze ihrer Schuhe und den ebenso auffallend kurzen, gelben Rock. „Er hat ihr die Autotür aufgehalten. Und sie ist eingestiegen, als sei sie die Königin von Siem Reap."

Nhean stutzte. Vannas Mutter hatte ihm doch erzählt, dass sie zu ihrem Bruder fahren wollte. Mit dem Bus!

14

Montagvormittag

„Du musst mal etwas Schönes machen!", hatte die Großmutter am Sonntag gesagt, „etwas, das dich auf andere Gedanken bringt."

So etwas hatte sie noch nie geäußert. Wie konnte man auch auf den Gedanken kommen, etwas Schönes zu machen, wenn man jeden Tag nur daran denken musste, woher man das Geld fürs Essen nehmen sollte? Aber die Großmutter hatte sich Sorgen gemacht, denn es war ihrer Enkelin anzusehen, wie sie sich grämte. Sie fasste dies und das an und brachte nichts zu Ende. Sie ging allen aus dem Weg und vermied es, mit irgendjemand reden zu müssen.

„Fahr zum Phnom Bok, da ist kaum jemand. Obwohl es doch so schön ist auf dem Berg. Du kannst auf den Stufen vor dem Tempel sitzen und hinunter ins Tal schauen."

Chantrea hatte nicht darauf reagiert. Aber die Groß-mutter forderte sie immer wieder neu dazu auf, bis ihr das irgendwann zuviel wurde und sie sich auf ihr Moped setzte. An der Kreuzung in Preah Dak bog sie nicht wie sonst, wenn sie zur Arbeit fuhr, nach Westen ab, sondern nach Osten. Allein das tat ihr gut. Und plötzlich hatte sie das Gefühl, alles, was sie belastete, hinter sich zu lassen.

Das Sträßchen führte fast schnurgerade durch abge-erntete Reisfelder; die Wasserbüffel, die vereinzelt darin zu sehen waren, standen bewegungslos in der prallen

Sonne und sahen aus, als ob sie meditierten. Ihre Ruhe und Gelassenheit übertrug sich auf Chantrea. Und als sie nach wenigen Kilometern Fahrt die Schule in Run Ta Aek erreichte, bog sie nach links ab, fuhr vorsichtig über ausgeschwemmte, holperige Sandböden bis zu einer Hütte am Fuß des Berges und ließ ihr Fahrzeug dort stehen. Die Alte, die in der Hütte lebte und auf Touristen hoffte, die ihr eine Kokosnuss oder eine Coca-Cola abkauften, nickte ihr freundlich zu. Ihr war klar, dass Chantrea nicht das Geld für so etwas hatte.

Auf dem Weg die schier endlos lange Treppe hinauf zum Tempel zählte Chantrea die Stufen; es waren mehr als 600. Und dann saß sie, wie die Großmutter sich das vorgestellt hatte, auf den Stufen des kleinen Tempels. Stundenlang. Allein. Niemand war da außer ihr. Das Einzige, das sich hier oben bewegte, waren ein paar verblichene Fähnchen, die an Schnüren in den Fensterlöchern hingen. Um die Mittagszeit wurde es zwar sehr heiß, aber Chantrea saß im Schatten. Sie hatte genug Trinkwasser mitgenommen und es wehte ein sanfter, kaum spürbarer Wind, den sie wie einen Trost empfand. Sie war ihrer Großmutter dankbar.

Doch am folgenden Morgen, am Montag, konnte sie sich kaum aufraffen zur Arbeit ins Hotel zu fahren. Sie hatte Angst. Angst vor Sok, vor Vanna, vor allem. Es fühlte sich an wie am Morgen zuvor, als sie niemanden sehen oder gar sprechen wollte. Und als sie ihr Moped im Hotel abstellte und Vanna ihr entgegenkam, hätte sie sich am liebsten in Luft aufgelöst.

„Danke für den Sonnabend!", sagte Vanna und strahlte sie an. „Jetzt schuldest du mir nichts mehr. Im Gegenteil!" Sie nahm Vanna an die Hand und zog sie hinter sich her in die kleine Umkleidekammer. „Komm mal mit!"

Als sie fünf Minuten später wieder herauskamen, Chantrea wie immer mit einem Tuch um ihre Haare und im grauen Arbeitskittel, war irgendetwas geschehen. Vanna entfernte sich sofort, um mit ihrer Arbeit zu beginnen; sie wirkte wie befreit von einer Last. Chantrea dagegen bewegte sich wie eine Kranke, die sich mühsam voran tastet. Sie brachte es kaum fertig, die Tür des ersten Zimmers, das sie reinigen wollte, aufzuschließen und erschrak heftig, als sie bemerkte, dass noch jemand im Raum war. Sie hatte vergessen anzuklopfen und auf eine Reaktion zu warten. Ganz verstört bat sie um Entschuldigung und begann ihre Arbeit in einem anderen Zimmer.

„Hast du ein neues Handy?"

Sok überraschte Vanna, die auf einer Liege am Pool saß und eine Pause machte. Sie blickte zu ihm hoch. Sok grinste. „Ziemlich teuer, so ein Modell." Vanna erhob sich. „Ja und? Das ist doch meine Sache, oder?" - „Nicht ganz, meine liebe Vanna."

Er forderte sie auf, mit ihm in sein Büro zu gehen. Vanna blieb keine Wahl, sie folgte ihm. Und während sie in seinem Büro abwartend an der Tür stehen blieb, ließ Sok sich aufreizend langsam auf seinem Drehstuhl nieder und schenkte sich ein Glas Wasser ein.

„Woher hast du das Handy?"

„Ich habe dir gesagt, dass das meine Sache ist."

Sok passte diese Antwort gar nicht. Er erhob sich sofort

wieder und ging einen Schritt auf Vanna zu. Obwohl sie keine Angst vor ihm hatte, wich sie unwillkürlich einen Schritt zurück. Es gefiel ihr nicht, wie er sich benahm.

„Natürlich ist das deine Sache", sagte er. „Aber so'n Ding kostet ein paar hundert Dollar. Und wenn ich darüber nachdenke, woher du das Geld hast, dann fällt mir schon etwas ein …"

„Und das wäre?"

Sok näherte sich Vanna, die intuitiv noch ein Stück zurückwich, bis auf wenige Zentimeter, ging dann aber an ihr vorbei und schloss die Bürotür, die Vanna nicht ohne Absicht offen gelassen hatte. Dann kam er zur Sache. Sein Ton wurde aggressiver.

„Also los: woher hast du das Handy?"

Vanna schwieg.

„Ich weiß, was du bei uns verdienst. Und dann so ein teures Handy?"

Vanna gab auch jetzt keine Antwort. Aus ihrem Gesicht ließ sich aber leicht ablesen, dass sie ihren Chef am liebsten zur Hölle gewünscht hätte. Wie gerne hätte sie ihm etwas Grobes ins Gesicht geschrien, etwas besonders Gemeines und Hässliches. Aber da war nicht nur die Wut, sondern auf einmal auch eine wachsende Unsicherheit.

„Noch einmal: ich will wissen, woher du das Geld für so ein Handy hattest. Und du kannst ganz sicher sein", Soks Stimme wurde auffallend leise, „wenn du mir darauf nicht sofort eine sehr klare und eindeutig richtige Antwort gibst, wähle ich auf diesem Telefon", er zeigte mit dem Finger auf den Schreibtisch, „die Nummer unserer lieben Polizei. Und du wirst dann so lange in diesem schönen Büro bleiben bis der gute Mister Brak hier eingetroffen ist.

Ist das klar?"

Vanna wusste nicht mehr weiter. Sie stand einfach nur da, die Hände halb erhoben wie zur Abwehr eines Angriffs, der kommen könnte. Sie ahnte eine Gefahr. Aber sie wollte sich nicht einschüchtern lassen. Und ihr fiel ein, was Eindruck auf Sok machen würde. Ohne zu zögern setzte sie ihre Idee gleich in die Tat um.

„Ich habe das Geld am Wochenende verdient."

Sok stutzte. „Und kannst du mir bitte schön auch sagen, wo und wie?"

„Wie, kann ich dir nicht sagen, aber wo: in Sihanoukville. Und weißt du, mit wem ich am Samstag dorthin gefahren bin?"

Sie machte eine so ausgedehnte Pause, dass Sok ihre plötzliche Selbstsicherheit nicht mehr übersehen konnte und mit einer unwillkommenen Auskunft rechnen musste. Und die kam auch. Vanna holte aus. Mit einer ebenso leisen, aber keineswegs so falschen, scheinbar freundlichen Stimme, wie sie eben noch Sok gebraucht hatte. Im Gegenteil: sie wurde giftig. „Dein Chef ist mit mir in seinem schönen roten Mercedes nach Sihanoukville gefahren. Einfach so, zu einem wunderschönen Wochenende. Und dabei ist für mich dieses neben vielen anderen schönen Sachen genauso wunderschöne Handy rausgekommen. Reicht dir das?"

Instinktiv hatte Vanna auf Soks Eifersucht gezielt. Ihr war klar, dass er schon seit längerem mehr von ihr wollte als nur ihre Dienste als Zimmermädchen. Und es hatte ihr tatsächlich Spaß gemacht, ihm ab und zu schöne Augen zu machen und ihn zu provozieren. Genau das tat sie jetzt wieder. Und diesmal reagierte Sok. Er ging auf sie zu und machte Anstalten, sie mit seinen Armen zu umschlingen und sich an sie zu drängen. Doch Vanna gelang es leicht, ihn von sich zu stoßen. Sie riss die Tür hinter sich auf und stürmte aus dem Büro.

Sok ließ sich zurückfallen in seinen Drehstuhl. Er begriff schnell, was für eine Dummheit er begangen hatte, und er versuchte hektisch nachzudenken. Doch dabei wurde er bald gestört, denn nur wenige Minuten später klingelte sein Telefon. Er griff wie abwesend zum Hörer, aber als er hörte, wer ihn angerufen hatte, schreckte er zusammen. Es war Yan.

„Mein lieber Sok, du mischst dich in Angelegenheiten, mit denen du absolut nichts zu tun hast. Und ich sag dir nur einmal: Lass die Finger von Vanna und frag sie nicht nach Dingen, die dich nichts angehen. Hast du das verstanden?"

Sok suchte händeringend nach einer Antwort, aber bevor er eine geben konnte, hatte Yan das Gespräch beendet. Und als er den Hörer weggelegt hatte und sich auszumalen begann, wie Yan und Vanna das Wochenende in Sihanoukville verbracht hatten, sackte er immer mehr in sich zusammen. Er sah die beiden in dem roten Mercedes durch die Landschaft fahren. Ihn als jemand, der sich bewundern ließ und sie ihn anhimmelnd, wie er das für sich selbst gewünscht hätte. Vanna, dieses Biest! Er hatte keinerlei Zweifel mehr, dass sie den Ring gestohlen und verkauft hatte. Und dass Yan mit ihr gemacht hatte, was er sich selbst schon lange gewünscht hatte. Er rappelte sich auf und schlich in seinem Büro hin und her wie ein Tiger, aber einer aus Papier. Und ihm fiel nichts Besseres ein, als Vanna noch einmal zu sich kommen zu lassen;

er musste seine Überlegenheit ihr gegenüber zurückge-
winnen. Er schickte eines der anderen Zimmermädchen
los sie zu suchen, und als Vanna schließlich erschien
und ihn hochmütig fragte, ob es noch etwas zu besprechen gebe, gelang es ihm, die Tür seines Büros von innen
abzuschließen.

Vanna erkannte den Ernst der Lage sofort. Sie hatte ja
erst vor wenigen Minuten den Beweis dafür erhalten, dass
Sok hinter ihr her war. Sie musste ihn unbedingt beruhigen.
Und sie beteuerte ohne Aufforderung, dass zwischen ihr
und Yan nichts ‚passiert' sei, so drückte sie sich jedenfalls
aus, um seine offensichtliche Eifersucht zu besänftigen.
„Wir sind befreundet, mehr nicht", sagte sie. Und als sie
erkannte, dass Sok zögerte und einen Moment lang nicht
wusste, was er tun sollte, übernahm sie die Initiative. „Du
schließt jetzt die Tür auf und lässt mich raus. Wenn du das
sofort tust, werde ich niemandem davon erzählen. Wenn
nicht, werde ich laut schreien. Hier sind genug Leute, die
mich hören. Und deine Gäste werden sich fragen, ob sie
noch einen Tag länger in diesem Hotel bleiben sollen."

Sok war nicht mehr in der Lage einen klaren Entschluss
zu fassen. Aber irgendetwas bewog ihn, das Richtige zu
tun. Er schloss die Tür wieder auf und ließ Vanna hinaus.
Draußen schlüpfte sie in ihre hochhackigen Schuhe, die
sie vor der Tür abgestellt hatte, und ging aufrecht davon.
Sok schaute ihr hinterher, und sie bemerkte das ohne sich
umzuschauen.

15

Montagnachmittag

Das Mittagessen ließ Sok sich wie immer in sein Büro bringen. Aber es schmeckte ihm nicht. Die Niederlage gegen Vanna hatte ihm den Appetit gründlich verdorben. Denn dass es eine solche war, das dämmerte ihm jetzt. Angeekelt schob er den Teller weit von sich.

Es war allerdings nicht die Scham, die ihm zusetzte, sondern die Einsicht, dass er sich sehr dumm verhalten hatte. Könnte er noch einmal zurück, würde er ganz anders vorgehen. So dachte er jedenfalls. Es war falsch, Drohungen auszustoßen und sich mit Gewalt zu nehmen, was man haben wollte. Das hatte er natürlich gewusst. Aber warum hatte er nicht entsprechend gehandelt? Beim nächsten Mal würde er es raffinierter anstellen. Er würde sich zahmer geben. Zurückhaltung vortäuschen, Scheu. Ja, er würde ganz auf seinen Charme setzen und warten, bis sich das Opfer von selbst auf den Altar legte. Dieser Gedanke befriedigte ihn zutiefst, und er zog den Teller mit seinem Mittagessen wieder zu sich heran. Es war allerdings kalt geworden inzwischen, so dass er, begeistert von seinem eigenen Beschluss, eilig eine Küchenhilfe herbei telefonierte und dasselbe Gericht noch einmal bestellte. Aber schnell! Das Mädchen schaute ihn befremdet an, als sie den noch gefüllten Teller sah, doch er machte nur eine Handbewegung, und sie verschwand mitsamt dem Essen und ohne eine weitere Nachfrage in der Küche.

Sollte er seinen Plan nicht sofort in die Tat umsetzen? Er drehte sich um und warf einen Blick auf den Dienstplan von Montag. Natürlich, sie hatte Dienst, wie fast jeden Tag. Aber in einer knappen Stunde wäre sie fertig. Sollte er? Er versuchte sich vorzustellen, wie sie reagieren würde. Sie war anders als Vanna. Viel zurückhaltender, ängstlich. Da musste er nichts befürchten. Selbst wenn es schief ging, würde sie niemandem davon erzählen, da war er sich sicher. Sollte er?

Kurzentschlossen griff er zum Telefon und bestellte sie nach dem Dienst zu sich. Dann öffnete er seine Minibar, was er konnte, ohne sich vom Stuhl zu erheben, zog eine Flasche eiskaltes Angkor-Bier heraus und trank. Den ersten Schluck nahm er aus der Flasche; er fühlte sich großartig. Erst dann griff er nach dem Glas, das schon seit Tagen ungespült auf seinem Schreibtisch stand, und füllte es. Trank und wartete. Als das neu bestellte Essen kam, hatte er Appetit. Und diesmal schmeckte es ihm.

Wenn es stimmte, was Vanna behauptet hatte, nämlich dass sie das Wochenende mit Yan verbracht hatte … Sok verfiel ins Grübeln. Er hatte sich insgeheim schon oft ausgemalt, wie es wäre, wenn er mit einem der Zimmermädchen, am liebsten mit Vanna oder Chantrea, ein, zwei Tage unterwegs wäre. In einem guten Hotel in Phnom Penh oder am Meer. Er würde sich großzügig zeigen. Nicht das billigste Essen bestellen. Das Mädchen würde sich wohlfühlen mit ihm, ihn hofieren. Schließlich war er bei all seinen Schwächen, die ihm, wenn auch undeutlich, bewusst waren, ein respektabler Mann und gestandener als die jungen Schnösel, die von nichts eine Ahnung hatten und denen es nur darauf ankam, mit einem Mädchen ins Bett zu steigen. Bei ihm würden eine junge, unerfahrene Frau Verantwortung spüren. Ihm könnte sie vertrauen und sich ihm überlassen. Er würde sie nicht behandeln wie den letzten Dreck. Er wäre geduldig. So dachte er.

Aber als seine Gedanken zurückfanden zu Yan und Vanna, überfiel ihn von neuem eine quälende Anspannung. Wahrscheinlich waren die beiden in Yans Hotel abgestiegen. Er selbst hatte dort mal ein Wochenende verbracht. Er kannte die Zimmer und er konnte sich genau vorstellen, welches Yan für sich und Vanna reserviert hatte. Die Bilder, die ihm dabei durch den Kopf gingen, wurden immer konkreter. Sie machten ihn unruhig. Und je länger er sich seinen Vorstellungen überließ, desto mehr setzten sie ihm zu. Er hielt es nicht mehr aus auf seinem Stuhl; er stand auf und guckte erneut auf den Dienstplan, kam aber bald zu demselben Ergebnis: Vanna oder Chantrea. So verschieden sie waren - beide gefielen sie ihm. Doch dieser Yan, immer gelang es ihm schneller zu sein! Nur weil er Geld hatte und den roten Mercedes. Wenn dagegen er, Sok, nur einmal die Gelegenheit hätte, sich Vanna gegenüber so zu zeigen, wie er wirklich war, dann …

Es klopfte an die Tür. Zaghaft. Erst beim zweiten Mal hörte er es. Ja natürlich, er erinnerte sich, dass er sie nach Dienstschluss zu sich bestellt hatte. Er fuhr sich mit den Fingern durch die Haare, zog sein T-Shirt glatt und räusperte sich.

„Ja, bitte!"

Der Türknopf drehte sich langsam, die Tür öffnete sich und Chantrea betrat zaghaft das Büro. Sie legte die Handflächen fest zum Gruß zusammen und verbeugte sich tief, blieb aber abwartend im Türrahmen stehen. Sok, der sich immer noch halb in seinen Träumereien befand, war einen kurzen Moment lang verwirrt, fand sich dann aber schnell in die neue Situation und versicherte, wie sehr er sich freue, dass Chantrea nach Dienstschluss noch schnell zu ihm gekommen sei; er wolle sie auch nicht lange festhalten.

Chantrea nickte, sagte aber nichts.

„Mach die Tür zu. Es muss nicht jeder hören, was wir zu sagen haben."

‚Wir'? Was meinte er damit? Wo war der Tonfall, in dem er sonst sprach? Chantrea schloss behutsam die Tür hinter sich. Das „ja", das sie dabei leise sagte, wirkte auf Sok wie eine Zustimmung. Aber wie sollte er anfangen? Er musterte sie, wie sie da stand, noch im Arbeitskittel. Eine junge Frau, die alles andere als ein glückliches Leben führte; soviel wusste er. Dabei machte sie einen so liebenswerten Eindruck. Hübsch war sie ohnehin, sanft. Ihre abwartende Haltung gefiel Sok. Und für einen kurzen Moment kehrten seine Träumereien zurück, in die er sich noch vor wenigen Minuten verloren hatte. Nun stand sie vor ihm, deutlich größer als er, doch das nahm er nicht wahr. Wie sollte er anfangen?

„Die Sache mit dem Ring", begann er, weil ihm nichts Besseres einfiel, „die ist ja immer noch nicht geklärt."

Chantrea hatte damit gerechnet.

„Hast du eine Idee, was da passiert ist?"

Sie schüttelte heftig den Kopf, sagte aber nichts, gar nichts, sondern starrte Sok nur an. Ein Häufchen Elend. Was ihn rührte, zugleich aber nicht wenig provozierte, als sie beharrlich schwieg.

„Es wäre schön, wenn ich eine Antwort bekäme", drang Sok in sie, wobei sein Ton wieder zu der Schärfe zurückfand, die Chantrea gewohnt war. Sie begriff, dass sie etwas sagen musste und suchte nach dem Richtigen.

„Na, was ist?"

„Ich weiß nicht." Aus ihrer Stimme klangen die Verunsicherung und die Angst, die sie befallen hatte, denn sie war, was ihre Arbeit betraf, vollkommen abhängig von Sok.

„Hast du dich inzwischen bei der Polizei gemeldet?"

Chantrea bestätigte das, erleichtert, etwas Konkretes sagen zu können, und berichtete leise, beinahe flüsternd, dass ihre Aussage protokolliert worden sei und man sie wieder nach Hause geschickt habe.

„Und? Was hast du gesagt?"

„Dass ich den Ring nicht genommen habe." Sie spürte, dass ihr die Tränen kamen und suchte in ihrem Kittel nach einem Tuch.

„Und dann hat man dich einfach so gehen lassen?"

In der Erinnerung an das Gespräch und an die demütigende Situation, in der es stattgefunden hatte, begann sie wieder zu weinen. Sok war einen Moment lang verunsichert. Er sah, wie sie sich von ihm abwandte, die Hände vors Gesicht hielt und kaum hörbar schluchzte. Sok war hin- und hergerissen zwischen Mitleid und Ärger, die Situation war ihm unangenehm. Aber am Ende war es der Ärger, der stärker war.

„Weißt du, was ich glaube, Chantrea?"

Sie beruhigte sich und wartete angespannt auf das, was er ihr zu sagen hatte.

„Du hast den Ring genommen."

Damit hatte sie nicht gerechnet.

„Du hast ihn gestohlen!"

Das Wort wirkte wie ein brutaler Schlag. Chantrea drehte sich um, presste sich, die Hände vor Augen, mit dem Gesicht an die Tür und weinte hemmungslos. Sie schluchzte, wobei sie kaum noch Luft bekam und stieß hohe, spitze Schreie hervor. Ihr Körper schüttelte sich. Sok, der immer noch mit dem Rücken zum Dienstplan stand, empfand bei dem, was er sah, einen Wirbel von Gefühlen. Mitleid war das eine, Macht ein anderes, und ein drittes war die Erregung, die er plötzlich spürte, als er diese junge Frau so hilflos vor sich sah. Er näherte sich ihr, langsam, noch unentschlossen.

„Chantrea!"

Sie reagierte nicht.

„Ich will dir doch helfen."

Sie drehte sich um und sah ihm ins Gesicht. Für einen Moment glaubte er daran, dass es ihm gelingen könnte, sie zu beruhigen. Und dann würde sich alles weitere doch noch von selbst ergeben. Langsam bewegte er sich weiter auf sie zu, bis sie sich plötzlich, impulsiv von ihm weg drehte. Er war bereits nahe genug, um ihren Atem zu hören, ihre zuckenden Schultern unmittelbar vor sich zu sehen. Und dann verlor er zum zweiten Mal an diesem Tag die Kontrolle über sich. Er tat einen letzten Schritt, schlang beide Arme um sie und zog sie an sich. Chantrea, zu Tode erschrocken, gelang es in ihrer Panik, ihn mit beiden Ellbogen, die sie ihm in den Bauch stieß, von sich zu stoßen. „Lass mich!", schrie sie, drehte sich zu ihm um und nahm eine drohende Haltung ein.

Doch das zu tun, war er nicht mehr in der Lage. Er griff

nach einem ihrer Arme, die sie schützend vorgestreckt hatte. Es gelang ihm, das Handgelenk zu fassen und sie wieder an sich zu ziehen. Doch wieder stieß Chantrea ihn mit dem Mut der Verzweiflung zurück. So heftig, dass er zu Boden stürzte und mit dem Kopf gegen seinen Schreibtisch prallte. Aus einer Wunde auf seiner Stirn sickerte Blut.

Als Chantrea ihn auf dem Boden liegen sah, riss sie die Tür auf und lief davon.

„Ich bring dich um!", schrie Sok ihr hinterher. Sie hörte es nicht mehr, denn sie startete bereits ihr Moped.

∗∗∗

Es dauerte eine Weile, bis die Wunde weniger blutete. Als er es riskieren konnte, schlich Sok sich so unauffällig wie möglich zum nächsten ‚Refreshing Room', tupfte die Wunde mit Wasser ab und überklebte sie mit einem Pflaster … Nun saß er wieder auf seinem Bürostuhl und haderte mit sich selbst.

Wie hatte er sich nur so vergessen können? Zum zweiten Mal an diesem Tag. Er hatte sich doch genau überlegt, was zu tun war. Was für eine Dummheit, dass er sie nach dem Ring gefragt hatte. Das bereute er vehement, denn damit hatte es begonnen. Und dass er sie in seinem Ärger auch noch direkt beschuldigt hatte, ihn gestohlen zu haben … Er hätte sich nachträglich am liebsten in die eigene Zunge gebissen. Hoffentlich hatte niemand gehört, was er ihr hinterher geschrien hatte.

Von draußen drang tieflautes Motorengeblubber zu ihm

herein. Motorräder. Brak, schoss es Sok durch den Kopf. Er sah ihn durch die geschlossene Tür in seiner Polizeiuniform vor sich und hörte, wie er Gas gab und die Drehzahl seines Motors hochjagte, dann das Gas wegnahm und nach einer Weile erneut Gas gab. Ohrenzerreißende Fehlzündungen waren die Folge. Und im weiteren Umkreis wussten alle Bescheid: die Polizei war da.

Sok erhob sich, streckte seinen Körper durch und verließ das Büro. Er hatte keine Wahl, er konnte ja nicht einfach weglaufen. Und so ging er Brak entgegen, der gerade umständlich den Ständer seiner Maschine arretierte. Diesmal war er allein gekommen. Sok begrüßte ihn, als er seinen Helm vom Kopf genommen hatte, und fühlte sich dadurch ein wenig gestärkt. Er war auf Brak zugegangen, nicht umgekehrt. Aber dieses schöne Gefühl hielt nicht lange an.

„Wir gehen in dein Büro!", sagte Brak. Das war mehr ein Befehl als ein Vorschlag. Und als er die Tür fest hinter sich geschlossen hatte, kam er gleich zur Sache.

„Die Ermittlungen gestalten sich schwierig", begann er, „und sie sind teurer, als ich dachte. Wir brauchen eine Unterstützung."

Mehr sagte er nicht. Er war sich seiner Sache sicher. Und Sok hatte verstanden. Er setzte sich hinter seinen Schreibtisch, schloss die unterste Schublade auf, öffnete die Kassette, die dort stand, entnahm ihr zögernd ein paar Dollarscheine und streckte sie Brak entgegen. Der nahm das Geld kritisch in den Blick und fragte Sok, ob er das ernst meine. Dem Manager blieb nichts anderes übrig, als noch einmal in die Kasse zu greifen und weitere Scheine dazu zu legen. Brak nahm alles gnädig entgegen und schob es in seine Hosentasche.

„Mal sehen, wie weit wir damit kommen."

∗∗∗

Sok sehnte sich nach dem Ende dieses Tages. Und als es gegen 18.15 Uhr zu dämmern begann, setzte er sich in seinen Pickup und steuerte ihn zum Alten Markt. Von der 2 Thnou Street bog er nach links ab ins Provincial Hospital, schob dem Torwächter im Vorbeifahren durch das geöffnete Seitenfenster einen Dollar in die Hand und parkte das Auto auf dem Krankenhausgelände. Im Indischen Restaurant schräg gegenüber bestellte er Chicken Masala und eine Flasche Tiger Bier. Und einen doppelten Mekhong-Whisky. Den hatte er verdient nach diesem Tag, fand er. Und dann, nach dem ersten, kräftigen Schluck und einem flüchtigen Blick auf sein Handy, döste er vor sich hin.

Heute ist Montag, ging ihm durch den Kopf. Nur noch morgen, dachte er, denn übermorgen würden die beiden Deutschen wieder abreisen. Er hatte sich vorsichtshalber noch einmal schlau gemacht, aber es stimmte: das Taxi zum Flughafen war für Mittwochmorgen um 8.30 Uhr bestellt. Und wenn sie erst einmal weg wären, hätte er seine Ruhe. Dann würde niemand mehr nach dem Ring fragen und er könnte alles vergessen. Blieben nur noch Vanna und Chantrea. Was Vanna anbetraf, war noch nichts verloren. Ja, er hatte sich ihr gegenüber dumm benommen. Vielleicht hatte sie wirklich ein Verhältnis mit Yan. Aber das würde nicht lange dauern, redete er sich ein, dann hätte sie von dem Mercedes-Protz die Nase voll. Und wenn er, Sok, es nur ein bisschen schlauer anstellte, dann würde es ihm doch noch gelingen ...

Das Chicken Masala kam. Sok nutzte die Gelegenheit, ein zweites Tiger Bier zu bestellen. Und während er aß, fand er es plötzlich gar nicht so schlecht, dass Vanna ein bisschen widerspenstig war. Das sprach doch für ihr Temperament. Damit würde er schon fertig werden. Und das war doch vielleicht interessanter als so ein unerfahrenes, langweiliges Ding wie Chantrea. Ärgerlich nur, dass es ihr gelungen war, ihn zu Boden zu stoßen. Aber da saß er ja wohl am längeren Hebel. Er leerte den Mekhong in einem Zug und winkte gerade nach der Bedienung, als sei Handy klingelte. Auf dem Display stand ,Yan'.

„Ja?"

„Yan hier. Wo bist du?"

„Beim Inder."

„Dann lass es dir schmecken. Aber iss nicht zu scharf, das bekommt dir nicht. Und denk dran: lass die Finger von Vanna. Das ist meine letzte Warnung. Wenn du dich noch einmal an sie ranmachst, ergeht es dir wie einem früheren Bekannten von mir. Der hat es nicht geschafft, die Finger von meinem Mädchen und sie in Ruhe zu lassen. Und weißt du, wo er jetzt ist? In der Nähe von Kampot, wo er sich in aller Ruhe die Pfefferbüsche von unten ansieht."

Schluss des Gesprächs. Yan hatte es beendet.

✦✦✦

Chantreas Mutter ging es besser. Das Fieber war

zurückgegangen. Sie war aufgestanden und hatte sogar beim Kochen geholfen. Aber dennoch zog sie sich früh auf ihre Schlafmatte zurück. Und die beiden Jungen folgten ihr bald.

Anders die Großmutter. Sie sorgte sich. Ihr war nicht verborgen geblieben, wie angespannt Chantrea wieder von ihrer Arbeit zurückgekommen war. Sie hatte nur wenige Worte mit ihrer Mutter gewechselt und war beim Spiel mit ihren Brüdern ungewohnt angestrengt und besserwisserisch, so dass die beiden Jungen bald keine Lust mehr hatten. Und auch als sie gemeinsam das Abendessen vorbereiteten, hatte Chantrea kein Wort über ihre Arbeit verloren. Das kannte die Großmutter nicht. Sie war es gewohnt, dass sie immer mit ein paar Geschichten nach Hause kam; sie freute sich darauf, denn eine andere Unterhaltung gab es ja kaum.

„Was ist mit dir?", fragte sie ihre Enkelin. „Gibt es nichts zu erzählen?"

Chantrea schüttelte den Kopf. Aber die Frage hatte mit einem Schlag alles zurückgeholt, was sie versucht hatte zu vergessen. Zuerst das Zusammentreffen mit Vanna gleich am Morgen. Da hatte sie wahrscheinlich falsch reagiert. Und dann Sok. Hatte er sich ernsthaft verletzt, als er mit dem Kopf gegen den Schreibtisch gestürzt war? Sie war es, die ihn gestoßen hatte. Sie war verantwortlich. Vielleicht hatte er jetzt große Schmerzen. Sie hatte sich zur Wehr setzen müssen, natürlich, aber sie hatte ihn doch nicht verletzen wollen.

„Du hast doch etwas!?"

Die Großmutter ließ nicht locker; sie sah Chantrea an, dass sie sich quälte. Sie tat ihr leid, und sie wollte sie in den

Arm nehmen. Doch gerade das konnte Chantrea jetzt am wenigsten vertragen. Die Großmutter erschrak über die grobe Zurückweisung.

„Chantrea!", stieß sie verständnislos hervor, und Chantrea, die sofort bereute, was sie getan hatte, entzog sie sich nicht mehr dem Trost ihrer Großmutter, sondern versteckte sich tief in ihren Armen und gab sich ihrer Hilflosigkeit hin. Die Großmutter strich ihr mit der Hand zärtlich über Kopf und Rücken, immer wieder, viele Minuten lang, bis Chantrea sich beruhigt hatte. „Danke", sagte sie. Die Großmutter war klug genug, keine weitere Frage zu stellen. Sie wünschte Chantrea einen guten Schlaf und begab sich ebenfalls auf ihre Matte.

Darauf hatte Chantrea gewartet.

Als sie sicher war, dass niemand mehr etwas mitbekommen würde, nahm sie ihre blaue Tasche von Bangkok Airways und schlich sich so leise wie möglich in den hinteren Teil des Gartens, wo der Erdboden nicht so festgetreten war. Hielt Ausschau nach einem Ast, der dick genug war, um damit den Boden ein bisschen aufzustemmen, und begann ihre Arbeit. Das war nicht so leicht; der Ast war kein gutes Werkzeug. Immer wieder hielt sie inne und hörte nach irgendwelchen Geräuschen, doch ihre Familie schien fest zu schlafen. Nach ein paar Minuten hatte sie es geschafft, das Loch war tief genug.

Sie holte etwas aus der blauen Tasche, das in der Dunkelheit wie ein Stück Papier aussah, steckte es in eine kleine Plastiktüte und die Tüte selbst in das Erdloch. Dann schob sie die ausgekratzte Erde rasch darüber, trat sie fest und bedeckte sie mit Ästen und Steinchen.

Als auch sie auf ihrer Schlafmatte lag, wurde sie von

Minute zu Minute ruhiger. Sie dachte an das Gespräch mit Sok und sein unglückliches Ende, sah seine blutende Wunde groß vor sich. Doch nachdem sie alles noch einmal an sich hatte vorüberziehen lassen, alles, was gesagt worden war und wie er reagiert hatte, empfand sie keine Schuld mehr. Sie machte sich nicht einmal Sorgen, dass er sie entlassen könnte. Es war eindeutig seine Schuld. Sie hatte sich zur Wehr setzen müssen. Dass sie keinen Zeugen dafür hatte, bedachte sie nicht. Sie war nur froh, dass die Sache jetzt erledigt war.

16

Dienstagvormittag

Am Vormittag gegen 11 Uhr klopfte jemand laut und ungeduldig an die Tür eines Hauses in der Sok San Road. Dada!

Sie hatte die erste Hälfte ihrer täglichen Arbeit hinter sich gebracht. Die Hotelgäste hatten alle gefrühstückt, und das hektische Durcheinander in der Küche war für ein paar Stunden zur Ruhe gekommen. Dada konnte aufatmen. Wie jeden Dienstag hatte sie persönlich am ‚Eier-Platz' gestanden, wie alle in der Küche ihn nannten. Fast ohne Pause hatte sie Spiegeleier zubereitet, je nach Wunsch von einer oder beiden Seiten gebacken, außerdem Rührei und Omelettes, letztere auf Wunsch jedes einzelnen Gastes individuell mit Zwiebeln, Tomaten, Schinken, Kräutern oder Käse. Immer gut gelaunt, wie jeder sie kannte. Nun hatte sie eine längere Pause vor sich, bis sie das Regime in der Küche ein zweites Mal an diesem Tag übernehmen und die Abendmahlzeiten beaufsichtigen musste. Diese Zeit wollte sie unbedingt nutzen, um etwas loszuwerden. Doch dabei geriet sie zuerst einmal vom Regen in die Traufe.

„Du kommst gerade richtig, du kannst die Zwiebeln und den Knoblauch schneiden", überfiel Kunthea sie noch an der Tür. Sie trug eine Schürze und war wie fast immer mit kochen beschäftigt; Nhean hatte sich Auberginen-Curry gewünscht, eine Spezialität von Kunthea. Aber das schien ihn in diesem Augenblick weniger zu interessieren.

„Gibt es Neues vom Diamantring?", fragte er neugierig, kaum dass Dada das Schälmesser in der Hand hatte.

„Ja."

Dada, die bei jeder Gelegenheit gerne und oft genug endlos redete, hielt sich diesmal kurz. Demonstrativ langsam und sorgfältig begann sie eine Zwiebel zu schneiden. Es machte ihr heimlich Spaß, Nheans Neugier anzustacheln. Und der biss an. Er hatte nicht damit gerechnet, ein ‚ja' zu hören, und forderte Dada nach einer Weile ungeduldig auf, endlich mit den Neuigkeiten herauszurücken.

„Sok ist verletzt", sagte sie und ergänzte nach einer Pause, die sie regelrecht zelebrierte: „Aber das ist noch nicht das schlimmste."

„Wie bitte?"

„Dass er verletzt ist, das ist noch nicht das schlimmste!", wiederholte Dada, jedes Wort betont deutlich und gedehnt aussprechend, wohl wissend, dass Nhean sie sehr gut verstanden hatte. Aber es juckte sie, ihn zu foppen. Dabei übertrieb sie es allerdings ein bisschen. Nhean durch- schaute das, griff seinerseits Desinteresse heuchelnd nach einer Zeitung und tat so, als wäre es ihm vollkommen gleichgültig, was Dada noch zu sagen hatte.

„Sok hat Chantrea bedroht. Er hat geschrien, dass er sie umbringen würde."

Elektrisiert legte Nhean die Zeitung sofort wieder beiseite. Kunthea hielt beim Waschen der Auberginen inne.

„Traust du ihm das zu?", fragten sie beide wie aus einem

Mund.

„Eigentlich nicht, aber Sok ist jähzornig", sagte Dada, „man weiß nie, wozu er fähig ist. Und ich hab das Gefühl, dass er sich nicht mehr ernst genommen fühlt."

Sie erzählte, was man sich im Hotel nach und nach zusammengereimt hatte: Der eine hatte gehört, was Sok Chantrea hinterhergeschrien hatte, die andere hatte beobachtet, dass er mit am Kopf blutender Wunde zum Refreshing Room gehastet war, und Dada selbst hatte Chantrea Hals über Kopf auf ihrem Moped flüchten gesehen. „Mit Vanna hat er sich wohl auch angelegt", schickte Dada noch hinterher, „die ist stinksauer." Als Nhean und Kunthea sie fragend anguckten, was sie denn damit meinte, hielt Dada die Hand vor den Mund und berichtete im Flüsterton, obwohl niemand sonst in der Nähe war, dass Sok hinter allen jungen Frauen her sei. Und sowohl Vanna als auch Chantrea hatten ihn abblitzen lassen.

Die Köchin war jetzt in ihrem Element. Unterbrochen nur noch von gelegentlichen Nachfragen Kuntheas, erzählte sie breit und genießerisch, mit Hilfe zahlreicher Gesten und untermalt von einer unnachahmlichen Mimik in allen Einzelheiten, was sich gestern Nachmittag im Hotel ereignet hatte. Sok, Chantrea, Vanna und Brak, diese Namen fielen in nicht enden wollender Wiederholung. Selbst Kunthea, die ja auch nicht auf den Mund gefallen war und gerne lang und breit schwätzte, ließ Dadas Erzählfluss andächtig über sich ergehen.

Nhean allerdings hörte schon nicht mehr zu. Die Drohung Soks, er wolle Chantrea umbringen, hatte ihn alarmiert. Sie ließ ihm keine Ruhe. Und auf einmal war klar: die Auberginen mussten warten. Er musste sofort ins

‚Jayavarman VII'. Dass Dada und Kunthea ihm bei seinem plötzlichen Aufbruch sprachlos hinterher schauten, bekam er gar nicht mehr mit.

Unterwegs auf seinem Moped ging Nhean durch den Kopf, was Göhlich ihm mitgeteilt hatte: dass Vanna am Sonnabendmorgen von einem Mann mit einem roten Mercedes abgeholt worden sei. Dass ihre Mutter jedoch behauptet hatte, Vanna sei mit dem Bus zu ihrem Bruder nach Sihanoukville gefahren. Da konnte etwas nicht stimmen, das hatte er doch auch noch klären wollen. Und so nebensächlich ihm diese Nichtübereinstimmung schien, so sehr reizte es ihn doch zu erfahren, was denn nun richtig war. Hatte Vanna ihrer Mutter gegenüber die Unwahrheit gesagt? Und warum?

Alles sah so aus, als käme Bewegung in die Sache. Unklar war Nhean nur, wohin das alles führen könnte. Doch was hatte seine Frau ihm gesagt: „Vielleicht ergibt sich irgendwas. Du musst einfach irgendwo anfangen." Nun wusste er, wo er anfangen konnte.

Einer der Tuktukfahrer, die vor dem Hotel auf Kunden warteten, schob sein Gefährt zwei Meter weiter und machte Platz für das Moped. Nhean drückte ihm ein paar Riel in die Hand und betrat das Hotelgelände. Er wandte sich an die Rezeption, fragte dort nach Vanna und erhielt als Antwort einen Fingerzeig Richtung Restaurant-Terrasse. „Sie macht gerade Pause."

Vanna saß auf der Treppe zum Restaurant und spielte mit ihrem Handy.

Daran, dass sie es war, hatte Nhean keinen Zweifel. Er war ihr zwar noch nie begegnet, aber neben ihr, abgestreift, standen zwei Schuhe mit extrem hohen Absätzen.

Dada hatte sie schon mehrfach mit leiser Verachtung erwähnt, wenn sie Vannas Namen genannt hatte. „Eines Tages bricht sie sich noch die Knöchel", hatte sie nicht nur einmal gesagt.

„Sou sdey! Du bist Vanna, oder?"

Sie schaute zu Nhean auf. Wer war das denn? Sie hatte diesen Mann noch nie gesehen.

„Ich bin Nhean", stellte er sich ungefragt vor, eine Spur zu hastig vielleicht, zu direkt, zu barsch. Das war ihm auch selbst sofort klar. Wenn er etwas von Vanna erfahren wollte, dann musste er anders auftreten. „Meine Frau und Dada sind gute Freundinnen", schloss er deutlich freundlicher an. „Sie treffen sich oft und kochen zusammen. Auberginen-Curry zum Beispiel. Die Auberginen im Ofen vorgebacken."

Er lächelte. Gab sich Mühe, Vannas Vertrauen zu gewinnen. Doch sie schwieg immer noch. Was interessierten sie vorgebackene Auberginen?

„Dada hat erzählt, dass ihr gut miteinander auskommt."

Er schaute Vanna an in der Hoffnung, dass sie endlich ein Wörtchen sagen würde. Doch sie war auch weiterhin still. Und so blieb Nhean nichts weiter übrig, als endlich den wirklichen Grund für sein Kommen anzusprechen.

„Dada hat uns von dem verschwundenen Ring erzählt. Und dass immer noch niemand weiß, wer der Dieb ist."

Vanna legte ihr Handy behutsam neben sich auf die Treppe. Worauf wollte dieser Mann hinaus? Ihr war nicht klar, wie sie ihm begegnen sollte. Aber Nhean, der sich selbst auf unsicherem Boden bewegte, weil er sich nicht die Bohne überlegt hatte, wie er vorgehen sollte, tastete sich vorsichtig weiter. ‚Vielleicht ergibt sich irgendwas', erinnerte er sich an Kuntheas Bemerkung.

„Chantrea hat gestern Nachmittag euren Chef verletzt. Stimmt das?"

Vanna nickte zögernd, unschlüssig. Ja, es stimmte, was dieser Nhean behauptete. Aber wieso kam er damit zu ihr? Wusste er mehr, als er sagte? Welches Ziel verfolgte er?

„Und er hat laut geschrien, er wolle sie umbringen, hab ich gehört."

Vanna nickte kaum wahrnehmbar mit dem Kopf.

Plötzlich hatte Nhean eine Idee. Wenn er etwas erreichen wollte, wäre es vielleicht gut, Vanna zu verunsichern. Irgendwie musste er sie zum Reden bringen. Und kurz entschlossen fragte er: „Hast du eigentlich keine Angst?"

„Wieso?" Sie fragte so gelassen zurück, als sei diese Frage völlig unangebracht, ja absurd. Doch Nhean spürte, dass es nicht so war. Sie schaute sich unversehens in alle Richtungen um, als suche sie etwas. Sie wich ihm aus! Und er legte nach. Ein Bluff schien ihm jetzt das Richtige zu sein.

„Chantrea ist in Gefahr. Sok wird sich das nicht gefallen lassen."

Vanna legte ihr Handy neben sich auf eine Treppenstufe. „Du meinst: er will …" Sie ging davon aus, dass Nhean wusste, was sie meinte.

„Ja. Wir müssen sie schützen. Und du musst mir helfen!"
„Ich?"

„Ja, du! Stell dir vor, Sok macht seine Drohung wahr. Oder bist du sicher, dass er das nicht tut? Chantrea ist unschuldig, davon gehe ich aus. Es wäre furchtbar, wenn…"

„Chantrea ist nicht unschuldig!"

Vanna hätte sich am liebsten auf die Zunge gebissen. Sie war in die Falle getappt! Sie presste die Lippen zusammen, aber zu spät. Sie hatte diesem Mann doch nur ins Gesicht sagen wollen, dass er nichts weiß, und dass sie dagegen die Wahrheit kennt. Mehr nicht. Aber: zu spät!

„Wer sagt, dass Chantrea nicht unschuldig ist?"

Nhean witterte, dass er etwas angestoßen hatte. Und er drängte weiter. „Solange ich keinen Beweis habe, ist sie für mich unschuldig. Und egal, ob sie es war oder nicht: wir müssen ihr helfen. Sok ist unberechenbar."

Vanna begann den Boden unter den Füßen zu verlieren. Aus der eben noch kühlen, scheinbar überlegenen jungen Frau war plötzlich ein mickriges, dummes Persönchen geworden, so fühlte sie sich jedenfalls. Aber wenn es stimmte, dass Chantrea in Gefahr war, musste sie ihr natürlich helfen. Im eigenen Interesse. Chantrea durfte auf keinen Fall in eine Situation kommen, in der sie etwas ausplauderte. Auf gar keinen Fall durfte sie den Ausflug nach Sihanoukville erwähnen und dass sie dort den Ring losgeworden war. Andererseits stand sie ja selbst in Verdacht, wusste Vanna. Sie hatte Sok gegenüber viel zuviel ausposaunt, und der hatte ihr gedroht, die Polizei auf sie zu hetzen. Sie hatte ihm zwar nicht die ganze Wahrheit verraten, als sie ihm von Sihanoukville erzählte, aber wenn Sok schlau genug war sich einiges zusammenzureimen …

Es arbeitete in Vanna. Geduldig wartete Nhean ab. ‚Vielleicht ergibt sich irgendwas.' Und es ergab sich! Denn Vanna kam offenbar zu dem Schluss, dass sie die Wahrheit oder zumindest einen Teil davon bekennen musste, wenn sie Schlimmeres für sich verhindern wollte.

„Chantrea …", begann sie und wand sich wie ein Baum im Sturm, der tief verwurzelt seinen Platz nicht verlassen kann. „Chantrea war vor mir in dem Zimmer."

„Ja, ich weiß. Und was heißt das?"

Es tat Nhean leid, dass er Vanna so in die Zange nehmen musste. Aber ihm war klar, dass er kurz davor war die Wahrheit herauszufinden. Er durfte jetzt kein Mitleid mit Vanna haben, egal, wie sehr er sie in die Enge treiben musste.

„Sie war fast fertig mit dem Zimmer, als ihre Mutter anrief. Sie war gerade im Badezimmer und hatte das Waschbecken und den Spiegel und die Ablage über dem Waschbecken gewischt. Und dann hat das Telefon geklingelt …"

„Ihre Mutter?"

„Ja."

„Und weiter?"

Vanna, die immer noch auf der Treppe zum Restaurant saß, tastete nach ihrem Handy, erhob sich langsam und stand dann wie ein Bild des Jammers vor Nhean.

„Ich weiß es doch auch nicht!" Sie schrie es trotzig heraus, hilflos, ratlos. Nhean wartete ein paar Sekunden, bevor er es mit einem weiteren Bluff versuchte und betont langsam und nachdrücklich, aber wie selbstverständlich fragte:

„Hat Chantrea den Ring noch?"

Dass Vanna mehr wusste als sie bisher gesagt hatte, daran bestand für Nhean kein Zweifel mehr. Aber wenn sie die Wahrheit nur vage angedeutet hatte, dann musste es ja einen Grund dafür geben. Irgendeine Erklärung, warum sie nicht alles ausplaudern und Chantrea verraten wollte.

„Oder hast du den Ring?", fragte er ganz plötzlich ins Blaue hinein.

Vanna schrak zusammen.

„Nein."

„Also Chantrea."

„Nein."

Nhean seufzte. Was sollte er mit solchen Antworten anfangen? Er schien mit seinem Latein so gut wie am Ende, versuchte es aber doch noch einmal.

„Also keiner von euch beiden hat ihn?"

„Es war so", Vanna holte tief Luft. Alles drehte sich in ihrem Kopf, und sie war auf einmal bereit, ihren Widerstand aufzugeben. „Ich wusste ja, dass ich den Ring nicht genommen hatte. Also konnte es nur Chantrea gewesen sein." Sie sprach so leise, dass Nhean sie kaum verstehen konnte. Aber er hielt sich abwartend zurück. „Und als ich ihr das so direkt auf den Kopf zugesagt hatte, hat sie angefangen zu heulen. Da wusste ich natürlich …" Sie machte eine Pause; bei der Erinnerung an diese Situation, von der sie gerade erzählt hatte, empfand sie so etwas wie Mitgefühl. „Sie tat mir leid, und da hab ich ihr angeboten den Ring zu verkaufen."

„Wie? Sie wollte Geld dafür?"

„Nein, sie wollte nur nicht verraten werden, sondern den Ring loswerden. Und da hab ich ihr angeboten …"

„Angeboten? Sagen wir: du hast sie ein bisschen … erpresst?"

Vanna blieb still, aber ihr verlegener Blick zur Seite sagte genug.

„Und hast du den Ring verkauft?"

174

Sie verharrte für einen Moment.

„Ich hab ihr Geld dafür gegeben. 100 Dollar."

„Woher hattest du die?"

„Hab ich für den Ring bekommen.

„100 Dollar nur? Der Ring ist doch viel mehr wert."

Vanna hob die Schultern, was wohl soviel heißen sollte wie ‚von mir aus' oder ‚kann sein'.

„In Sihanoukville, sagt du? Wann?"

„Am Samstag."

„Als du mit dem Bus deinen Bruder besucht hast…"

„Meinen Bruder? Mit dem Bus? Nein, ich bin mit dem Auto gefahren."

Nhean überlegte. „Du hast ein Auto?" Das konnte er kaum glauben.

„Nein. Ich bin mit Yan gefahren. Yan ist Soks Chef. Er hat mich eingeladen. Aber das darf meine Mutter nicht wissen, bitte!"

Es dauerte eine Weile, bis Nhean einen Teil von dem, was da geschehen war, begriffen hatte. Vorausgesetzt, Vanna hatte die Wahrheit gesagt.

„Und Sok? Kann es sein, dass er hinter Chantrea her ist?", wechselte Nhean das Thema.

„Der ist hinter allen her!", antwortete Vanna.

„Wo ist er jetzt? In seinem Büro?"

„Nein, er ist weggefahren."

„Und Chantrea?"

„Die ist heute nicht gekommen. Warum, weiß ich nicht. Sok hat sich furchtbar darüber aufgeregt. Er hat überall rumgeschrien, dass er sie umbringen würde. Und dann ist er in seinen Pickup gesprungen und wie ein Verrückter weggefahren."

✸✸✸

Nhean verlor keine Sekunde. Hals über Kopf stürzte er zur Rezeption und verlangte ein Telefongespräch mit Brak. „So schnell wie möglich! Der ist hinter ihr her."

„Brak? Hinter wem?"

Nhean gab sich Mühe, sich nicht über den jungen Mann aufzuregen, der zuerst eine dumme Frage stellte und dann aufreizend langsam eine Nummer eintippte, bevor er kopfschüttelnd den Hörer über den Tresen reichte.

„Hello?"

„Brak?"

Man hörte Gemurmel.

„Brak isst gerade. Er will nicht gestört werden."

„Du musst ihn stören. Ich muss ihn sofort sprechen, bevor etwas Schlimmes passiert."

Stille.

Gemurmel.

„Es dauert nicht mehr lang. 5 Minuten."

Nhean konnte kaum noch an sich halten. „Ich mache dich verantwortlich, wenn jemand …" Er sprach den Satz nicht zu Ende, aber er schien zu wirken. Denn auf einmal waren leise Stimmen zu hören. Ein Stuhl schrammte über Steinboden. Schritte.

„Wer ist da?"

„Ich, Nhean. Der die Sache mit der gestohlenen Tänzerin aufgeklärt hat."

Jeder in Siem Reap kannte die Geschichte, auch Brak.

„Und? Was ist?"

Nhean versuchte ihm die Situation in so wenigen Worten wie möglich klarzumachen. Glücklicherweise war

Brak still und hörte ihm zu, ohne ihn zu unterbrechen.

„Sie müssen sofort nach Phoum Pradak. Die junge Frau braucht ihren Schutz!", forderte Nhean. Was er natürlich nicht sehen konnte, war, dass Brak sich beim letzten Satz kerzengerade aufrichtete, die Brust herausstreckte und sich außerordentlich geschmeichelt fühlte. „Ich fahre sofort!", sagte er. Und damit war das Gespräch beendet.

Für Nhean war die Sache damit aber alles andere als abgeschlossen. Er rannte zu seinem Moped, startete es und knatterte los. Und wie immer, wenn er es eilig hatte, regte er sich über die Behäbigkeit seines Gefährts auf, das zu mehr als einer gemütlichen Spazierfahrt kaum noch geeignet war. Selbst schuld, dachte er zum hundertsten Mal und nahm sich vor, bei nächster Gelegenheit ein richtiges Motorrad zu kaufen.

Er nahm die Charles de Gaulle, fuhr ein paar Kilometer nach Norden und bog unmittelbar vor dem Wassergraben von Angkor Wat nach rechts ab Richtung Srah Srang. In der Kurve, am Osttor zum Großen Tempel, da, wo fast zu jeder Tageszeit dutzende Affen auf Touristen lauern, überholte ihn ein Motorrad: Brak! Von wegen ‚sofort' dachte Nhean verächtlich, als ihm die Staubwolke ins Gesicht wehte, die er aufwirbelte; er hat also noch in aller Ruhe zu Ende gegessen, bevor er sich auf sein Motorrad bequemt hat. Das Image, das die Polizei bei Nhean hatte, wurde noch einmal ein bisschen schlechter.

Kaum war Braks Motorrad hinter den Bäumen verschwunden, raste aus der Gegenrichtung ein weißer Krankenwagen auf ihn zu, mit Sirene und Blaulicht. Nhean schnürte es die Brust zusammen. Er dachte sofort an Chantrea. War er zu spät? Er hielt an und versuchte zu erkennen, ob sie in dem Wagen war, aber der war viel zu schnell vorbei. Bitte nicht, hoffte er inständig, bitte lass es nicht zu spät sein. Dass Krankenwagen hier entlangfahren, das wusste Nhean, war ein schlechtes Zeichen. Die Menschen auf den Dörfern rufen sie so gut wie nie. Sie müssten sie ja bezahlen.

Doch nur einen Kilometer weiter, kurz hinter dem Tempel Prasat Kravan, sah er schon von weitem etliche Menschen, die am rechten Straßenrand standen. Als er nahe genug war, erkannte er Braks Motorrad, das mitten auf der Straße abgestellt war. Brak selbst stand mit dem Rücken zu ihm, breitbeinig, und sprach mit aufgeregt gestikulierenden Männern und Frauen. Und in dem Graben neben der Straße lag ein Auto. Halb umgekippt. Ein Pickup. Soks Pickup.

Sollte er anhalten? Für einen kurzen Moment zögerte er. Aber nein. Er duckte sich über die Lenkstange und fuhr so schnell wie möglich an der Unfallstelle vorbei. Sok konnte er nicht entdecken. Aber er hatte auch kaum gewagt genauer hinzugucken.

10 Minuten später war er in Phoum Pradak. Er bog von der Straße ab und rollte langsam auf die paar Hütten, die in dem Wäldchen standen, zu. Niemand war zu sehen. Nichts zu hören. Er ließ sein Moped stehen und ging langsam um einige Hütten herum. Schließlich entdeckte er eine junge Frau: ganz hinten auf einem Stückchen Land, das aussah, als sei auf ihm etwas angepflanzt. Sie hockte auf dem Boden und war mit irgendetwas beschäftigt. Nach der Frisur zu urteilen könnte das Chantrea sein, dachte er; Dada hatte mal den Haarbüschel erwähnt, den Chantrea auf dem Kopf trug. Nhean näherte sich ihr. Als sie seine

Schritte hörte, stand sie viel zu hastig auf und schaute ihn erschrocken an. Kein Zweifel: sie fühlte sich ertappt.

„Sou sdey!"

Chantrea nickte wie abwesend, grüßte aber nicht zurück.

„Chantrea?"

Sie nickte noch einmal und wartete; worauf, war ihr nicht klar. Sie wäre aber nie auf die Idee gekommen, das Gespräch von sich aus weiterzuführen.

„Ich bin Nhean. Meine Frau und ich sind gut mit Dada befreundet. Die kennst du doch, oder?"

„Ja." Das ‚ja' war kaum zu hören.

„Dada hat uns von dem verschwundenen Ring erzählt."

„Ja", sagte Chantrea noch einmal kaum vernehmbar. Nhean war etwas ratlos. Dann erinnerte er sich daran, in welcher Lage er Chantrea angetroffen hatte. Und er fragte sich, warum sie auf dem Boden gehockt hatte. Als er genauer hinsah, fiel ihm auf, dass ein kleiner Teil des Erdbodens nicht so festgetreten war wie alles drumherum. Was hatte sie da gemacht? Etwas vergraben? Er trat ein, zwei Schritte vor und begann mit der Spitze seines Schuhs die aufgelockerte Erde beiseite zu schieben. Als er das tat, wandte das Mädchen sich ab. Nhean nutzte den Moment. Es tat ihm weh, sie attackieren, ja überfallen zu müssen, aber er musste sein.

„Vanna hat gesagt, dass du den Ring genommen hast."

Chantrea fuhr zusammen. Sie schluchzte heftig auf und begann hemmungslos zu weinen. Nhean hätte sie gerne in den Arm genommen und getröstet; er konnte immer noch nicht glauben, dass sie eine Diebin war. Ihre Reaktion jedoch sprach dafür.

Es dauerte lange, bis Chantrea sich beruhigt hatte. Immer wenn es schien, dass sie sich gefangen hatte, schluchzte sie erneut auf. Aber dann, nach langen Minuten, fasste sie sich. Sie wischte sich die verweinten Augen aus, schaute Nhean an und sagte leise: „Was Vanna gesagt hat, stimmt. Aber ich habe es ja nicht absichtlich getan."

Nhean antwortete nicht darauf. Wie sollte er auch verstehen, was sie gesagt hatte? Insgeheim bewunderte er das Mädchen.

„Du warst doch in diesem Zimmer 31, als deine Mutter dich angerufen und um deine Hilfe gebeten hat."

„Ja. Im Bad war ich." Sie guckte ihn direkt an, und Nhean hatte den Eindruck, dass sie mit etwas heraus wollte. „Und warum hast du den Ring genommen? Warst du in Not? Brauchtest du Geld?"

„Nein!" Chantrea hätte beinahe gelacht, bitter gelacht. „Doch, Geld können wir immer gebrauchen. Aber daran hab ich gar nicht gedacht." Sie machte eine kurze Pause. Nhean sah ihr jedoch an, dass sie weiterreden wollte. „Ich hab den Ring nicht absichtlich genommen."

„Du hast den Ring nicht absichtlich mitgenommen?", wiederholte Nhean; er wusste nicht besser darauf zu reagieren und wollte ein bisschen Luft zum Nachdenken gewinnen. „Aber genommen hast du ihn?"

Chantrea, das spürte er, war bereit ihm die Wahrheit zu erzählen. Und was Vanna mehr oder weniger deutlich eingeräumt hatte, war nun bestätigt. Doch er wollte auch den Rest erfahren: warum hatte Chantrea den Ring genommen, und vor allem: was bedeutete ‚nicht absichtlich'? Das war ihm ein Rätsel. Er wartete ruhig ab, bis sie schließlich zu reden begann. Wobei er keinen Zweifel mehr hatte, dass alles, was sie nach und nach und mit vielen Pausen bekannte, aufs Wort stimmte.

Als sie ihre Beichte beendet hatte, hatte es Nhean fast die Sprache verschlagen. Er schüttelte immer wieder den Kopf. Was Chantrea aber nicht wahrnahm; sie war zu sehr mit sich selbst beschäftigt.

Dann standen sie einander gegenüber. Still. Alles war gesagt. Und das war das Zeichen für die Großmutter. Sie näherte sich und nahm Chantrea ohne ein Wort in den Arm, zog sie an sich und strich ihr mit der Hand über den Kopf. Nhean wartete geduldig, bis Chantrea sich selbst aus der Umarmung löste. Dann bat er sie mit ihm nach Siem Reap zu fahren. „Dada wartet auf dich", sagte er. „Sie ist bei meiner Frau, nicht im Hotel. Sie will mit Dir reden. Dir helfen."

Ohne zu fragen stimmte Chantrea zu. Nhean wunderte sich, dass sie kein bisschen zögerte. Doch bei Dada, wusste sie, war sie gut aufgehoben.

Bevor sie sich auf den Weg machten, bat Nhean Chantrea, den 100 Dollar-Schein auszugraben und ihm zu geben. Das Mädchen lächelte erleichtert; sie hatte ja schon geahnt, dass Nhean Bescheid wusste. Dann machten sie sich auf ihren Mopeds auf den Weg in die Stadt. Als sie sich dem Tempel Prasat Kravan näherten, spürte Nhean ein unangenehmes Loch im Magen. Aber der Graben war leer, Soks Pickup verschwunden.

17

Dienstagnachmittag

Kunthea und Dada saßen am Esstisch, als Nhean die Wohnung betrat und Chantrea bei ihnen ‚ablieferte‘; sie war erkennbar eingeschüchtert und wagte sich kaum hinein in die fremde Umgebung. Erst als sie Dada entdeckte, fasste sie Zutrauen. „Komm, setz dich und iss mit uns!"

Chantrea hatte diese östlichen Düfte schon von draußen gerochen. Aber jetzt riss sie die Augen auf: so etwas hatte sie noch nicht gesehen. Ab und zu hatte sie ja mal einen Blick ins Hotel-Restaurant geworfen und wusste, dass dort vollkommen anders gegessen wurde als zu Hause in Phoum Pradak. Sie hatte auch mitbekommen, was sich die Touristen bestellten, wenn sie am Pool lagen. Aber was bei Kunthea aufgetischt war, das erschien ihr wie ein Märchen aus dem alten, königlichen Angkor. Die beiden Frauen hatten sich beim Kochen offensichtlich einen Wettbewerb geliefert! Chantreas Blick wanderte von Schüssel zu Schüssel und von Schälchen zu Schälchen. Von vielem, was da zu sehen war, wusste sie nicht einmal den Namen. Und vor allem: es gab Fisch. Und Fleisch! Darauf hatte sie schon seit ewigen Zeiten verzichten müssen. Huhn und Rind. Und gedünsteten, aber auch gebratenen Reis. Und die verschiedensten Gemüse dazu. Und Saucen. Und Roti. Wer sollte das alles essen? Chantrea traute sich nicht, sich an diesen Tisch zu setzen; Kunthea musste sie dreimal auffordern. Und als sie endlich saß und die beiden Frauen einen großen Teller aufgefüllt und vor sie hingestellt hatten, traute sie sich nicht davon zu essen. „Du isst jetzt!", sagte Kunthea. Es klang wie ein Befehl. Chantrea guckte Dada an, doch die nickte heftig und zustimmend mit dem Kopf. „Los, iss!", sagte auch sie und streichelte Chantrea zärtlich über Kopf und Hals.

Nhean schielte auf das Auberginen-Curry, das auf dem Tisch stand. Dieses Gericht, das Kunthea zubereiten konnte wie sonst niemand, hatte er schon tausendmal gegessen, und jedes Mal, bildete er sich ein, hatte es besser geschmeckt. Wahrscheinlich auch diesmal. Er zögerte und spürte dem Geschmack nach, der schon seinen Gaumen zu erobern begann. Er kämpfte mit sich. Aber dann gab er sich einen Ruck und entschied sich doch dafür, den Plan, den er sich zurechtgelegt hatte, zu verwirklichen. Er bat Kunthea, „ein bisschen" für ihn übrig zu lassen, insbesondere gebratene Auberginen, was angesichts der Mengen, die die beiden Frauen zubereitet hatten, völlig überflüssig war. Und dann war er weg.

Diesmal ging er zu Fuß. Er wollte noch ein bisschen Zeit zum Nachdenken haben, und auch zu Fuß waren es nicht mehr als 15 Minuten bis zum Hotel. Ein Geständnis von Chantrea hatte er ja nun. Und was für eines! Er konnte es noch immer nicht glauben, so einfach war es. Was ihm noch fehlte, waren ein paar Kleinigkeiten. Etwa, wie und an wen Vanna den Ring verkauft hatte, was sie dafür bekommen hatte und vor allem, ob es irgendeine Chance gab, ihn zurückzubekommen und seinem eigentlichen Eigentümer wieder zu übergeben. Aber auch, welche Rolle

Sok bei der ganzen Sache gespielt hatte, und ob er sich bei dem Unfall mit seinem Pickup verletzt hatte. Und ob Chantreas Geständnis umfassend war, oder ob sie zum Schutz anderer ein paar Kleinigkeiten ‚ausgelassen' hatte. Er musste mit Sok sprechen. Und auch noch einmal mit Vanna. Am besten mit beiden gleichzeitig.

An der Hotel-Rezeption erhielt Nhean eine klare Auskunft: „Sok ist nicht da." Das glaubte er aber nicht. Denn die Art, wie ihm diese Auskunft erteilt wurde, ließ ihn schnell misstrauisch werden. Sie kam nämlich wie aus der Pistole geschossen, beinahe überhastet. Ganz so, als sei die Frage erwartet worden und als hätte jemand diktiert, was darauf zu antworten sei. Wenn es so war, kann es ja nur Sok selbst gewesen sein, dachte Nhean. Er grinste dem jungen Mann ruhig und ausdauernd mitten ins Gesicht, als erwarte er noch weitere Auskünfte. Und das tat nur allzu bald seine Wirkung: der Bedienstete wusste nicht mehr, wo er hingucken sollte und hätte sich wohl am liebsten hinter dem Tresen versteckt. Als Nhean merkte, dass ihm der Schweiß auf der Stirn zusammenlief, griff er wieder einmal zu einem kleinen Bluff und fragte ganz harmlos: „Ist er verletzt?"

Er tat ihm leid, dieser junge Mann, der sich vor Verlegenheit wand und nicht wusste, was er sagen sollte. Aber Nhean hatte keine Wahl, wenn er erreichen wollte, was er sich vorgenommen hatte. Und wie erwartet tappte der Gefragte in die Falle. Denn er sagte ohne zu zögern und froh darüber, dass er endlich eine handfeste und korrekte Auskunft geben konnte: „Ja, aber nicht schlimm." - „Woher weißt du das?", hakte Nhean sofort nach. „Hab ich gesehen, als er ins Büro gegangen ist. Er hat doch ein

Pflaster an der Stirn und einen Verband am Arm."

Als der arme Kerl begriff, dass er sich verplappert hatte, war es zu spät. „Danke, mein Lieber! Warum nicht gleich so!", sagte Nhean. Er war erleichtert, dass bei dem Unfall offenbar nichts Ernsthaftes passiert war und ging ohne ein weiteres Wort an der Rezeption vorbei direkt zu Soks Büro.

Dort klopfte er kräftig an die Tür und betrat, ohne eine Antwort abzuwarten das Büro. Sok sprang in die Höhe wie eine losgelöste Sprungfeder und stieß dabei mit dem Knie heftig an die Schreibtischkante.

„Sou sdey!", grüßte Nhean.

Sok brachte kein Wort heraus. Er stand dem so unerwartet herein geplatzten Gast sprachlos gegenüber und schnappte nach Luft. Die Nudelsuppe, die sich in einer großen Schale vor ihm auf dem Schreibtisch befand, schwappte sekundenlang aufgeregt hin und her; ein Teil der Brühe und mit ihr ein Schwung Glasnudeln und Knoblauch fanden den Weg über den Schalenrand auf die Tischplatte und einige dort liegende Papiere.

„Hattest du einen Unfall?", fragte Nhean gewollt süffisant. „Oder besser gesagt: zwei?" Das Pflaster und der Verband waren ja nicht zu übersehen, und er wollte das Überraschungsmoment, das auf seiner Seite war, gerne noch etwas verstärken. „Warst du vielleicht hinter jemand her und hast dich dabei verletzt?"

Sok war völlig irritiert; er hatte Mühe zu begreifen, was geschah.

„Kann es sein, dass richtig ist, was ich gehört habe?" Nhean kam in Fahrt und spielte mit Sok wie die Katze mit einer Maus.

„Was gehört?", gelang es Sok endlich hervorzubringen.

Nhean nahm sich eine kurze Sekunde lang Zeit um seine Antwort so wirkungsvoll wie möglich zu formulieren. Doch genau in dieser Sekunde hörte er einen unterdrückten Schrei hinter sich. Vanna!

„Hast du auch ein Hühnchen mit deinem Chef zu rupfen?", fragte Nhean. „Komm rein! Das ist genau der richtige Zeitpunkt."

Anders als Sok gelang es Vanna sehr schnell, die kleine Schrecksekunde zu überwinden. Sie machte Anstalten, die Tür hinter sich zu schließen, aber Nhean winkte ab. „Lass offen! Was hier gesprochen wird kann jeder mithören."

Sok zuckte zusammen.

„Dein Chef macht sich offenbar an junge Frauen ran." Nhean wechselte zu einem drohenden Ton. „Aber es scheint ihm nicht sehr gut zu bekommen." Wie schaffte er es bloß, so selbstsicher aufzutreten? Er war von sich selbst überrascht.

„Er ist ein Schlappschwanz!", mischte Vanna sich ein. Sie hatte begriffen, dass es Sok an den Kragen ging. Und sie klang bissig und verächtlich. Sok tat entrüstet. Doch Nhean kümmerte sich nicht darum. Er wusste plötzlich, welchen Kurs er einschlagen musste. Und ging endgültig zum Angriff über.

„Er macht sich nicht nur an junge Frauen ran. Es ist leider noch schlimmer!" Er sprach langsam und gedehnt, vielsagend und rätselhaft. Und so gelang es ihm, höchste Aufmerksamkeit sowohl von Sok als auch von Vanna zu erreichen, bevor er mit einem Blick auf Sok kaum hörbar, langsam und jedes Wort betonend sagte: „Er droht sogar damit, sie umzubringen! Aber selbst dazu ist er zu dumm."

Sok stand starr wie eine Salzsäule hinter seinem Schreibtisch. Was meinte dieser Nhean damit?

„Er hat es nicht geschafft", schrie Nhean und schlug mit der Hand auf die Schreibtischplatte. Und dann holte er zu seinem größten Bluff aus: „Und sobald Chantrea sich im Krankenhaus von ihren schweren Verletzungen erholt hat, wird sie reden können. Und dann ..."

„Was?", schrie Vanna, „er wollte sie umbringen?" Ihre Stimme überschlug sich, sie zitterte.

Nhean bewegte sich auf Sok zu, bis nur noch der Schreibtisch zwischen ihnen beiden war. Und Sok wurde weiß wie der Strand von Sihanoukville.

„Hast du vielleicht eine kleine Ahnung, wer das getan haben könnte?"

„Ich nicht!", stöhnte - oder besser: wimmerte Sok. Er war stehend in sich zusammengesunken.

„Und das soll ich glauben?" Nhean tat, als sei ihm ein bitteres Lachen in der Kehle steckengeblieben. Aber jetzt war der Augenblick gekommen, um die richtigen Fragen zu stellen. Sok war reif dafür, ehrliche Antworten zu geben.

„Du hast bisher nichts getan, um den Fall aufzuklären", sagte Nhean in aller Ruhe, aber umso bedrohlicher, „ganz im Gegenteil: du hast es verhindert. Du weißt aber ganz genau, dass es deine Pflicht gewesen wäre, deine Hotelgäste zu unterstützen. Deshalb lass dir gesagt sein: du hast nur noch eine ganz kleine Chance, und die auch nur, wenn du die Wahrheit erzählst. Also: was weißt du über Chantrea und den Diebstahl?"

Sok hatte größte Mühe, zusammenhängende Sätze über die Lippen zu bringen. Er war vollkommen eingeschüchtert. Erst nach und nach gelang es ihm so zu reden, dass seine Äußerungen einen logischen Zusammenhang ergaben.

„Ich war's nicht, bestimmt nicht!", versicherte er drei- oder viermal. „Ich hab das doch nur so gesagt." - „Aber vom Nur-so-sagen gerät niemand schwer verletzt ins Krankenhaus", entgegnete Nhean und wechselte über- raschend das Thema. „Hat sie den Ring gestohlen oder nicht?"

„Ich weiß es nicht", jammerte Sok, „woher soll ich das wissen?"

„Was weißt du denn überhaupt? Du hast doch Chan- trea gegenüber behauptet, dass sie den Ring gestohlen hat, oder?"

„Frag doch Vanna!"

„Vanna?"

„Die weiß, was mit dem Ring passiert ist!" Sok zeigte auf Vanna. „Sie hat mir alles erzählt."

„Alles nicht", bemerkte Vanna etwas höhnisch. „Ich hab dir nur gesagt, dass ich mit Yan in Sihanoukville war. Und dass wir dort ein wunderschönes Wochenende hatten." Sie lächelte ihn frech an.

„Und dass du dort Geld verdient hast!", stammelte Sok.

„Geld verdient?" Nhean hatte genau zugehört; er wandte sich sofort an Vanna. „Und wie hast du das gemacht?"

Vanna zögerte, sich zu erklären. Doch Nhean musste nur noch einmal auf die schwer verletzte Chantrea hinweisen, die irgendwann in der Lage sein würde zu reden, und sie gab ihren Widerstand auf.

„Ich hab das Geld von Yan bekommen", sagte sie klein- laut. „Ich habe ihm den Ring gegeben, und er hat mir dafür Geld gegeben."

„Wieviel?"

Leise sagte sie: „500 Dollar."

„Und davon hast du Chantrea 100 Dollar weitergegeben?" Vanna nickte. „Ja."

„Du wolltest sie damit ein bisschen ruhigstellen, oder?"

Vanna schaute auf den Boden und suchte nach Worten. Ihr Gesicht arbeitete wie ein Vorhang, der orientierungslos auf und zugezogen wird. „Sie tat mir leid," flüsterte sie schließlich.

Während sie und Nhean miteinander sprachen, hatte Sok sich im Zeitlupentempo hingesetzt und starrte mit aufgerissenen Augen um sich. Ein ‚Schlappschwanz', fiel Nhean ein, als er Sok zusammengekauert auf seinem Drehstuhl sah. Trotzdem tat es ihm leid, dieses Häufchen Elend, das da vollkommen zerknirscht in seiner Chefkammer hockte. Sollte er ihn nicht doch über seinen Bluff aufklären und die ‚schwer verletzte' Chantrea in Sekundenschnelle wieder gesunden lassen? Nein. Er musste die Situation, wie sie sich jetzt entwickelt hatte, ausnutzen.

„Sok!?"

Der Manager richtete sich mühsam auf. „Ich hab das doch nur so gesagt mit dem Umbringen …" Er sprach weinerlich, und er klang ehrlich verzweifelt.

Doch Nhean blieb hart. „Wir können nur hoffen, dass sie sich wieder erholt. Und wenn sie das tut, dann …"

„Was ,dann'?" fragte Sok und riss die Augen auf.

Nhean erschrak. Er hatte nicht mit einer spontanen Rückfrage gerechnet, mit dieser schon gar nicht. Und für einen Augenblick verlor er seine Sicherheit.

„Dann, dann … dann weißt du hoffentlich, was du zu tun hast… Ist das klar?"

„Ja, natürlich", schrie Sok mehr als er sprach, als könne er damit alles Unglück von sich abwenden. Tatsächlich hatte er nicht die leiseste Ahnung, was er dann zu tun hätte. Er hatte nur grässliche Angst um die verletzte Chantrea und dass er als Täter in Verdacht geraten war. Und er schwor sich bei allen Geistern seiner Vorfahren, Chantrea keinerlei Schwierigkeiten mehr zu machen, wenn er einigermaßen ungeschoren aus dieser Affäre heraus käme.

Nhean war erleichtert, dass er die unerwartete Klippe umschifft hatte, wenn auch nicht besonders elegant. Mit sich zufrieden war er aber nicht. Im Gegenteil: plötzlich, als sich beinahe alles wie von selbst klärte, empfand er Skrupel. Wieso spiele ich mich auf wie ein Richter, fragte er sich. Wie komme ich eigentlich dazu, Sok zu sagen, was er zu tun hat und was nicht? Er begriff sich selbst nicht mehr. Er spürte, dass er auf schwankendem Boden stand. Und trotzdem hatte er das Gefühl, dass er richtig handelte. Und seltsam … es machte ihm Spaß.

„Natürlich muss Göhlich entweder den Ring oder das Geld dafür zurückbekommen." Er zeigte mit dem Finger auf Vanna. „Du wirst ihm also zuerst die noch fehlenden 400 Dollar von deinem Anteil aushändigen. Wie du das machst, ist deine Sache."

Als er sah, wie heftig sie zusammenschrak, begriff er sofort, dass das für sie ein Ding der Unmöglichkeit war; das Geld hatte sie ja schon für ihr Handy ausgegeben. Also versuchte er, sie zu beruhigen. „Wie wär's, wenn du dir das Geld von dem holst, der den Ring versetzt hat?"

Vanna schluchzte leise und nickte mit dem Kopf.

„Die 100 Dollar von Chantrea habe ich schon", erklärte Nhean, „und ich werde dafür sorgen, dass Brak seine

Nachforschungen einstellt, falls er sie überhaupt schon begonnen hat. Von mir erfährt er jedenfalls nichts."

„Und Yan?", fragte Sok vorsichtig. Wenn er an Yan dachte und was der mit ihm machen könnte, wurde ihm übel.

„Von dem hole ich mir die restlichen 500 Dollar", erklärte Nhean. „Der wird froh sein, wenn er so billig davonkommt und die Polizei aus dem Spiel bleibt."

Er forderte Sok und Vanna getrennt auf, ihm jeweils die Handy-Nummer von Yan aufzuschreiben. Als er sie verglich, konnte er keinen Unterschied feststellen. Die Zahlenfolgen waren identisch.

✳✳✳

Nachdem er Soks Büro verlassen hatte, suchte Nhean sich ein ruhiges Plätzchen im Hotelrestaurant, orderte einen Wassermelonen-Shake und dachte nach. Wie konnte er erreichen, was er sich vorgenommen hatte? Nach einiger Überlegung zog er sein Smartphone aus der Tasche und wählte Yans Nummer. Ein dünnes, weibliches Stimmchen meldete sich. Nhean stellte sich als Polizist vor, der im Fall eines gestohlenen Rings ermittele, und verlangte schnellstmöglich Yan ans Telefon. Das Stimmchen schwieg. Nhean stellte sich vor, dass das dazugehörige Persönchen jedoch heftig mit dem Ärmchen gestikulierte, um die verlangte Person ans Telefon zu rufen.

„Jaaa …", tönte es nach einer Weile betont gelangweilt aus dem Hörer. Ohne umständliche Erklärung forderte Nhean ihn auf, sofort zu einer kleinen Unterhaltung ins

‚Jayavarman VII' zu kommen; erstaunte Rückfragen von Yan, wer er sei und was er wolle, unterdrückte er so autoritär, dass er später, als er sich daran erinnerte, unverschämt breit und stolz auf seine Entschlossenheit grinsen musste. Es ginge um Geschäfte, die mit den gesetzlichen Bestimmungen nicht ganz zu vereinbaren seien, sagte er nur. Und um die Frage, wie Yan eine Gefängnisstrafe als Hehler vermeiden könne.

Als das erledigt war, rieb er sich insgeheim die Hände, guckte auf die Uhr - bis Yan auf der Bildfläche erschien, vermutete er, würden einige Minuten vergehen - und schlenderte die paar Schritte zum Zimmer 31 hinüber. Seine Hoffnung, dass Göhlich dort sei, wurde nicht enttäuscht. Er stand auf der kleinen Terrasse vor seinem Zimmer und putzte seine Schuhe. Als er Nhean kommen sah, freute er sich aufrichtig.

„Alles gut bei Ihnen?", fragte er.

„Alles gut. Und bei Ihnen?"

„Auch."

Nhean konnte durch die weit geöffnete Tür einen Blick ins Zimmer werfen und sah einen geöffneten Koffer auf dem Bett. „Sie reisen ab?"

„Leider ja. Morgen früh. Noch zwei Tage in Bangkok, und dann geht's wieder in die Kälte. Aber wir kommen wieder." Er strahlte Nhean an, als ob er seinen verschwundenen Ring völlig vergessen hätte.

Nhean dachte einen Moment daran, kein Wort darüber zu verlieren. Aber das ging natürlich nicht.

„Was ich Ihnen noch sagen wollte ...", er stockte kurz, „der Fall ist geklärt."

„Wie bitte?" Göhlich hätte die Bürste, die er in der Hand

hielt, beinahe fallen gelassen. Er konnte nicht glauben, was er gehört hatte. „Sie meinen den Ring?"

„Ja."

„Ist er wieder da?"

„Nein, das nicht", sagte Nhean.

Schröder, der die beiden sprechen gehört hatte, kam aus seinem Zimmer, wo er ebenfalls mit Packen beschäftigt war, dazu; er wollte nichts verpassen.

„Ich glaube, den Fall geklärt zu haben", sagte Nhean, „aber bevor ich Ihnen Genaueres erzähle, müssen Sie mir erlauben, Ihnen eine Frage zu stellen."

Göhlich schaute Schröder an und Schröder Göhlich. Was für eine Frage?

„Es ist mir ein bisschen unangenehm, Mister Gohlich", begann Nhean, „aber ich muss Sie zuerst bitten mir noch einmal zu bestätigen: ist der Ring aus dem Safe gestohlen worden?"

„Ja, natürlich!" Göhlich war über diese Frage mehr als verwundert. „Die Safetür hat noch offen gestanden, als ich ins Zimmer lief. Vanna kann das bestätigen." Er schaute erneut zu Schröder hinüber, als erwartete er eine Bestätigung von ihm. Es kam aber nur ein Schulterzucken.

„Kann es nicht sein, dass der Ring woanders gelegen hat?"

„Wie bitte?"

„Also nicht im Safe, sondern an einer anderen Stelle?"

Göhlich verneinte das vehement und mit Verwunderung.

„Ich will Ihnen offen sagen, was Chantrea mir berichtet hat. Sie hatte ihr Zimmer ja schon zum größten Teil geputzt, als ihre Mutter anrief."

Nhean, nicht uneitel, erlaubte sich jetzt die ein oder

andere Pause. Er liebte es, dem, was er zu sagen hatte, auf diese Weise eine besondere Bedeutung zu geben. Es juckte ihn seinen Erfolg zu genießen, und es bescherte ihm eine besondere Genugtuung, dass die beiden Deutschen mit offenen Mündern zuhörten.

„Chantrea war gerade im Badezimmer, als ihre Mutter anrief, und fast fertig damit. Als sie das Telefon klingeln hörte, wischte sie mit ihrem Putzlappen noch schnell die Ablage über dem Waschbecken und verließ dann sofort das Zimmer."

Die Verwunderung auf Seiten Göhlichs wurde nicht kleiner.

„Den Putzlappen hat sie dann in die Tasche ihres Arbeitskittels gesteckt."

Warum erzählt er das, dachte Göhlich.

„Und wissen Sie, was sie zusammen mit dem Putzlappen eingesteckt hat?"

Schröder begriff es als erster, hielt aber den Mund.

„Ihren Ring!", löste Nhean endlich das Geheimnis. „Der hatte offensichtlich auf der Ablage über dem Waschbecken gelegen."

„Und warum hat sie den Ring nicht sofort zurückgegeben?", fragte Göhlich nach einer geraumen Weile, in der Nhean ihn abwartend angelächelt hatte. Er konnte eine leichte Empörung nicht verbergen.

„Weil sie es nicht sofort gemerkt hat. Sie hat es mir erklärt. Normalerweise werfen die Zimmermädchen die gebrauchten Lappen, wenn sie mit ihrer Arbeit fertig sind, in einen Wäschesack. Als sie das am Donnerstagnachmittag, also einen Tag nach dem Verschwinden des Rings, tun wollte, hat sie gemerkt, dass sie zwei Lappen in der

Tasche ihres Arbeitskittels hatte. Der zweite war der vom Vortag, vom Mittwoch, als sie so überstürzt nach Hause gefahren ist."

„Und in diesem zweiten Putzlappen steckte der Ring," sagte Schröder.

„So war es!", bestätigte Nhean. „Als sie den zweiten Lappen aus der Tasche zog, ist der Ring auf den Fußboden gefallen."

Ganz allmählich, wie eine Schnecke, die ihre Fühler ausstreckt und sich vorsichtig in Bewegung setzt, beschlich Göhlich eine Ahnung.

„Aber die Frage bleibt", sagte Schröder, „wieso sie den Ring nicht sofort zurückgegeben hat, als sie ihn bemerkte?"

„Weil ihr niemand geglaubt hätte, dass es wirklich so war, wie sie es erlebt hat. Sie hat sich schrecklich geschämt. Und sie hatte Angst davor, dass Sok sie entlässt."

Nhean wandte sich direkt an Göhlich: „Kann es sein, dass …" - „Ja", antwortete Göhlich, bevor Nhean zu Ende gesprochen hatte. Er fasste sich an den Kopf. „Ich bin ein unglaublicher Idiot!" Sein Gesicht hatte eine rote Färbung angenommen. „Ich habe, da bin ich sicher, sofort nach der Ankunft im Hotel meine Tickets, den Pass usw. in den Safe gelegt …" - „Den Ring aber nicht!", ging Schröder dazwischen. „Und dann habe ich erst einmal den Koffer ausgepackt und geduscht. Und als ich mich einseifen wollte, hab ich wahrscheinlich wie immer den Ring abgestreift …"

„ … und auf die Ablage über dem Waschbecken gelegt", ergänzte Schröder. „Und später hast du vergessen, ihn mit den anderen Sachen in den Safe zu legen."

„Wahrscheinlich", räumte Göhlich ziemlich kleinlaut ein. Es war ihm sichtlich peinlich.

„Und am nächsten Morgen hast du auch noch vergessen, den Safe zu verriegeln, als du die Kreditkarte herausgeholt und dir das Geld am Automaten gezogen hast", ergänzte Schröder. Er nutzte mit Vergnügen die Gelegenheit, seinen Freund ein bisschen aufzuziehen. „Was aber mit dem Verschwinden deines Rings absolut nichts zu tun hat."

Zwischen den beiden Freunden entwickelte sich eine aufgeregte Diskussion. Schröder provozierte Göhlich, indem er ihm Zerstreutheit und Vergesslichkeit vorwarf; Göhlich war selber noch zu entsetzt über seine Nachlässigkeit und erkannte nicht die Ironie, mit der Schröder sprach.

„Moment!" Nhean ging dazwischen; er hatte natürlich kein Wort verstanden, denn die beiden hatten deutsch gesprochen. „Nicht so schnell." Er wartete ab, bis Göhlich und Schröder sich beruhigt hatten und wieder zuhören konnten. „Für Vanna lag ja auf der Hand, dass Chantrea den Ring haben musste, denn sie selber hatte ihn nicht. Und ein anderer kam nicht infrage."

Nhean schaute die Deutschen an. Hatten sie ihn verstanden?

„Sie hat herausbekommen, wie unglücklich Chantrea mit dem Ring war. Und sie hat die Chance gesehen, dabei etwas für sich herauszuschlagen. Also hat sie den Ring an sich genommen, worüber Chantrea, die ihn damit los war, sehr erleichtert war. Dann hat sie den Ring irgendwie verkauft und Chantrea 100 Dollar von ihrem Erlös gegeben." Nhean zauberte den 100 Dollar-Schein aus seiner Hosentasche wie ein Kaninchen aus dem Hut und übergab ihn Göhlich. „Hier sind sie."

Schröder grinste ihn an: „Also 100 Dollar sind schon

mal gerettet."

„Aber der Ring ist weg!" Göhlich nahm das Geld verwirrt entgegen. „Offen gesagt", brachte er schließlich hervor, „hatte ich auch nicht mehr gehofft, ihn zurückzubekommen."

„Aber vielleicht die Hälfte seines Werts", entgegnete Nhean, „zumindest! Wenn ich Glück habe und Sie ein bisschen Geduld, sogar den ganzen."

Schröder deutete auf die halb gepackten Koffer und wies ihn darauf hin, dass sie bereits am nächsten Morgen den Flieger nach Bangkok nehmen müssten.

„Geld kann man um die ganze Welt schicken!", sagte Nhean, „ich brauche nur eine Adresse." Und er fragte Göhlich, ob er damit erst einmal leben könne?

„Natürlich kann ich das."

Göhlich hätte ihm am liebsten voller Anerkennung auf die Schulter geklopft, aber das traute er sich nicht, dazu hatte er zuviel Respekt vor Nhean. Doch er versicherte ihm, dass er den Ring ersetzen könne. Der Goldschmied, der ihn nach seinen Wünschen angefertigt habe, könne ihn nach den alten Plänen und den Fotos, die er routinemäßig von all seinen Anfertigungen machte, mit Sicherheit nochmal herstellen.

„Deine Frau muss ja nichts davon wissen!", neckte ihn Schröder.

„Doch, kann sie ruhig", antwortete ihm Göhlich, „gerade jetzt!"

„Versteh ich nicht!"

„Ist aber ganz einfach, mein lieber Schröder!" Göhlich gewann wieder Oberwasser. „Der neue Ring steht doch für eine richtig gute Geschichte!", erklärte er, als läge das auf der Hand. Und im Übrigen hätte alles viel schlimmer kommen können. Außerdem sei es ja seine eigene Dummheit gewesen.

In diesem Moment kam eine von den Bedienungen aus dem Restaurant angerannt. „Ist jemand von Ihnen von der Polizei?" Nhean nickte freundlich. Und als er bemerkte, dass die junge Frau trotz ihres Respekts zu zweifeln schien, flüsterte er ihr ins Ohr: „In Zivil natürlich!" Sie hatte nichts für Ironie übrig, sondern ging vor lauter Hochachtung fast in die Knie und bat Nhean kaum vernehmbar ins Restaurant. Dort warte jemand auf ihn.

✱✱✱

Yan, der vor einer Flasche Bier im Restaurant saß und absolut keine Ahnung hatte, was da auf ihn zukam, schaute ihn selbstsicher an. „Sie haben doch sicher einen Dienstausweis!", fragte er genüsslich. „Wissen Sie, ich kenne die Polizei in Siem Reap sehr gut. Jeden einzelnen kenne ich. Aber Sie gehören nicht dazu!"

„Sie haben vollkommen recht", überraschte ihn Nhean, zog einen Stuhl zu sich heran und setzte sich so, dass er Yan frontal anschauen konnte. „Ich bin, sagen wir mal, Hobby-Polizist."

Yan rang einen Moment um Fassung, und als er endlich Luft holen konnte und sich laut lachend empören wollte, brachte Nhean ihn mit einer entschlossenen Handbewegung zum Schweigen.

„Erinnern Sie sich an den Raub der Himmlischen Tänzerin?"

Yan wartete auf weitere Erklärungen.

„Sie erinnern sich also. Das war mein erster Fall. Und dieser, der gestohlene Ring, ist mein zweiter. Und den werde ich genauso erfolgreich lösen wie den ersten. Auch wenn es diesmal nicht um unser gemeinsames Kulturerbe geht."

Yan saß mit offenem Mund vor seinem Bier; eine Ahnung beschlich ihn.

„Was heißt ‚werde ich lösen'? Ich hab's ja schon. Und Sie sind eine der Hauptpersonen in dem Fall! Sie haben den Ring verkauft, obwohl Sie genau wussten, dass er gestohlen war."

„Dieses Miststück!", fluchte Yan.

Nhean war klar, dass er Vanna meinte. Und lächelte. „Das nehme ich als Geständnis", sagte er. „Und wieviel haben sie dafür bekommen?"

Yan schwieg.

„Wenn Sie noch einen Rest Anstand besitzen, haben Sie Vanna die Hälfte gegeben: 500. Das heißt: Sie haben ebenfalls 500 eingesteckt."

Yan schwieg weiter.

„Und wissen Sie was?"

Als Nhean sich vorbeugte und ihm direkt in die Augen sah, wurde Yan ganz klein.

„Sie kennen die Polizei, haben Sie gesagt, jeden einzelnen. Dann wissen Sie ja, dass mit denen nicht allzuviel zu erreichen ist. Im Gegenteil. Die meisten stellen sich ziemlich dumm an. Hauptsache, sie haben eine Uniform an und ein Motorrad unter dem Hintern und in regelmäßigen Abständen ein paar Dollars. Aber das wollen wir doch nicht noch unterstützen, weder Sie noch ich. Oder?"

Yan wusste immer noch nicht, was er von Nhean und seinem angriffslustigen Auftritt halten sollte.

„Allerdings müssen Sie mir natürlich ein bisschen helfen. Ist auch gar nicht schwer. Es reicht schon, wenn ich noch heute Abend 500 Dollar von Ihnen bekomme. So eine Art Schweigegeld, wissen Sie?"

Yan zuckte zusammen.

„Und wenn nicht?" Sein letzter Versuch.

„Dann werde ich die Polizei bei ihren Recherchen ein wenig unterstützen. Und unterm Strich wird es dann ein bisschen ungemütlich für Sie, auch wenn Sie jeden einzelnen kennen."

„Aber was Sie jetzt machen, ist auch nicht die feine Art!" Yan glaubte, Oberwasser zu bekommen und sich doch noch aus der Affäre ziehen zu können. „Das ist Erpressung!"

„Ja, aber nicht zu meinen Gunsten, sondern zu Gunsten des Bestohlenen. Egal, sie können es nennen, wie Sie wollen. Vielleicht interessiert Sie aber, wie ich es nenne? Ich bezeichne es als ‚Lösung auf dem kurzen Dienstweg'. Damit ist allen geholfen, sogar Ihnen. Sie müssen jetzt nur sofort entscheiden, ob Sie damit einverstanden sind oder ob ich diesem Brak, der ja sicher auch zu ihren feinen Bekannten gehört, einen kleinen Hinweis geben soll. Und nicht zu vergessen: natürlich auch meinen Freunden von der Zeitung." Nhean kannte niemanden bei der Zeitung, schon gar keinen Journalisten. Aber er war inzwischen mit dem Bluffen so vertraut und er spielte seine Rolle so gut, dass er nicht einmal rot wurde.

Yan begriff, dass er keine andere Chance hatte, wenn er sich vor unangenehmen Nachforschungen schützen wollte. Innerhalb von einer Stunde hatte Nhean die 500 Dollar von ihm. Und dazu die fehlenden 400 von Vanna, mit der Yan wahrscheinlich ein Hühnchen gerupft hatte.

18

Dienstagabend

Es flackerte bedrohlich. Wie auf ein Kommando verlöschten sämtliche Lichter und flammten eine Zehntelsekunde später wieder auf. Kurz darauf dasselbe noch einmal. Diesmal dauerte es eine Weile, bis die Lichter wiederkamen. Doch viele meldeten sich nur noch auf Sparflamme. Sie zögerten, wollten nicht richtig und fielen dann endgültig aus. Tiefe Dunkelheit herrschte. Dazu Stille.

Im gesamten Viertel war der Strom ausgefallen. Aber es dauerte nur wenige Momente, und schon dröhnten aus allen Richtungen die Dieselmotoren: privates Gerät. Immer mehr Hotels, Restaurants und Geschäfte hatten schon seit Jahren in ihre eigene, unabhängige Stromversorgung investiert; auf die städtische verließ sich niemand mehr. Denn wer seine wichtigsten Dienstleistungen nicht zuverlässig aufrecht erhalten konnte, musste mit schweren Einbußen rechnen. Den Ausfall von Küchen, Kühltruhen, Lautsprechern und bunten Lichterketten konnte sich niemand leisten.

Die Touristen, die in der Pub Street aßen und tranken und übermütig in den Diskotheken tanzten, sahen darin einen weiteren Höhepunkt ihres Event-Urlaubs. Sie amüsierten sich und kosteten jeden Augenblick aus. Endlich erlebten sie, was sie von zu Hause nicht kannten.

Wurden zu Zeugen des zivilisatorischen Rückstands in einem der ärmsten Länder, wie sie dachten. Würden, nach Hause zurückgekehrt, vom Abenteuer in einer anderen Welt erzählen können. Wie das Personal hektisch zwischen ihnen umher gerannt und Kerzen und batteriegetriebene Lämpchen auf den Tischen verteilt hatten. Und dass einige die kurze Dunkelheit und das Durcheinander sogar genutzt hatten, um sich, ohne bezahlt zu haben, aus dem Staub zu machen.

Bald jedoch war alles vergessen. Alles war wie vorher; die Generatoren im Vergnügungsviertel fraßen Diesel und taten ihre Arbeit.

Die Privathäuser jedoch lagen alle im Dunkeln.

In einem von ihnen, nur wenige Steinwürfe entfernt, in der Sok San, saßen Kunthea, Dada, und Chantrea immer noch am Esstisch. Zwei Öllampen, die Kunthea in der plötzlichen Dunkelheit schlafwandlerisch von irgendwoher hervorgezaubert hatte, erzeugten mehr schlechte, verrauchte Luft als Licht. Doch weder das noch die Wärme, die auch lange nach Sonnenuntergang immer noch auf die Stadt drückte, wirkte sich nachteilig auf die Stimmung der drei aus. Was war schon ein Stromausfall? Man hatte sich daran gewöhnt und verlor kein Wort darüber. Zumal es ja viel zu erzählen und zu kommentieren gab, ein Freudenfest für Kunthea und Dada. Dada war es nach und nach mit viel Geschick und ihrer großen Vertrautheit gelungen, Chantreas Schüchternheit einzudämmen und das Mädchen zum Reden zu bringen.

Als Nhean endlich nach Hause zurückkam, komplimentierten ihn Kunthea und Dada sofort an den Tisch. Doch erst, als er in aller Ruhe und tiefem Schweigen eine gehörige Portion von den gebratenen Auberginen gegessen hatte, war er bereit, sich zu äußern. Er erzählte die ganze Geschichte, wie er sie erlebt hatte, von Anfang an. Und wies nicht ganz ohne Stolz darauf hin, wie er Sok und Vanna und schließlich auch Yan geblufft und so ihre Geständnisse bekommen hatte. Und als er so richtig in Fahrt war, konnte er es sich nicht verkneifen, auch noch einen kleinen Hieb auszuteilen.

„Du hast doch gesagt, dass Chantrea auf keinen Fall den Ring gestohlen hat!", begann er und guckte Dada herausfordernd ins Gesicht. Doch die ließ sich nicht beeindrucken.

„Hat sie ja auch nicht!", antwortete sie, „das hast du doch selbst so wunderbar herausgefunden."

Chantrea lächelte sie dankbar an, sagte aber kein Wort. Sie wusste zwar immer noch nicht, wie ihr geschah, spürte aber schon länger, dass sich alles zum Guten wandte. Und weil Dada ein Faible für die dramatische Gestaltung von Gesprächen hatte, stand sie in aller Ruhe auf, begab sich, nach einem kurzen Blickwechsel mit Kunthea, in die Küche, hantierte dort herum und erschien erst nach ein, zwei Minuten wieder am Esstisch. Niemand hatte etwas gesagt in der Zwischenzeit. Alle kannten die Vorliebe der Köchin für besondere Auftritte und ahnten, dass sie irgendetwas inszenierte. Freuten sich auf irgendeine Überraschung, etwas Unvorhergesehenes. Doch Nhean verlor bald die Geduld. Er spürte, dass da etwas auf seinem Rücken ausgetragen werden sollte.

„Aber sie hat doch selbst zugegeben, dass sie den Ring genommen hat, Dada, oder?" Wieso stellte Dada das auf einmal in Abrede? Nhean sah sie verständnislos an. Alle wussten es doch!

„Natürlich hat sie den Ring genommen", räumte Dada ein und ließ gar nicht erst zu, dass Chantrea selber antwortete, „aber sie war es auch wieder nicht."

Kunthea, die die Spitzfindigkeiten ihrer Freundin allzu gut kannte, hatte plötzlich einen Verdacht. Sie gab sich Mühe, den Mund zu halten. Dabei verschluckte sie sich aber und musste husten. Nhean guckte sie irritiert und gereizt an.

„Ich versteh das alles nicht", sagte er endlich.

Dada strahlte. „Eigentlich hast du es doch verstanden, aber nur zur Hälfte!", sagte sie. Und Kunthea, die sofort begriffen hatte, was Dada meinte, sagte: „Richtig! Sie hat ihn natürlich nicht gestohlen, sie hat ihn nur genommen, aaaber …" Sie zog das ‚aber' vielsagend in die Länge, und die beiden Frauen amüsierten sich köstlich über Nheans Begriffsstutzigkeit.

„Was ‚aaaber'?"

„Sie hat auch das nicht gewollt, versteh das doch endlich! Sie hat nicht im Traum daran gedacht, den Ring an sich zu nehmen." Auf ihrem Gesicht zeigte sich ein spitzbübisches Lächeln. „Aber dann kam ein böser Geist, hat ihr einen Lappen in die Hand gedrückt und sie dazu verführt, die Ablage über dem Waschbecken sauber zu wischen."

Da endlich fiel bei Nhean der Groschen, und die beiden Frauen strahlten sich an.

„Das ist eine seltsame Logik", sagte er sehr trocken.

„Ja, eigentlich sind wir so etwas ja von dir gewohnt!", sagte Kunthea. Sie konnte sich nicht mehr zurückhalten. „Und du? Hast du mal darüber nachgedacht, dass du es jetzt zum Kriminellen gebracht hast?"

Nhean kam es allmählich so vor, als stimme irgendetwas in seinem Kopf nicht. Wieso war er ein Krimineller? „Das musst du mir mal erklären."

„Nein, das musst du schon selber herauskriegen." Kunthea legte eine lange Pause ein. Dann kam ihr ein Gedanke und sie sagte grinsend: „Das könnte ja dein nächster Fall sein. Dein dritter. Und endlich mal ein richtiges, schweres Verbrechen: Erpressung!"

Nhean schüttelte völlig verständnislos den Kopf. Und Kunthea, die aus dem Gesicht ihres Mannes lesen konnte, beschloss das Spielchen zu beenden.

„Es ist doch so, dass du eigentlich alle erpresst hast: Vanna und Sok und Yan. Du hast sie alle unter Druck gesetzt, indem du nicht immer die ganze Wahrheit gesagt hast. Oder?"

Nhean schüttelte den Kopf. „Aber das hab ich doch nur getan, um den Schaden wieder gut zu machen."

„Und trotzdem ist es Erpressung." Kunthea bestand darauf. „Du hättest auch einfach zur Polizei gehen und ihr die Wahrheit auftischen können."

„Ach die Polizei!", seufzte Nhean tief auf. Er wusste nicht, ob er lachen oder weinen sollte. Manchmal fiel es ihm so schwer, sein Land, das er so liebte, zu verstehen.

„Sind noch gebratene Auberginen da?"